कृष्णद्वादशी

[कहानी-संग्रह]

कृष्णद्वादशी

महाश्वेता देवी

अनुवाद
डॉ. माहेश्वर

राधाकृष्ण प्रकाशन

ISBN : 978-81-7119-601-2

कृष्णद्वादशी

पहला संस्करण : 2000
दूसरा संस्करण : 2018

मूल्य : ₹295

प्रकाशक
राधाकृष्ण प्रकाशन प्राइवेट लिमिटेड
जी-17, जगतपुरी, दिल्ली-110 051

शाखाएँ : अशोक राजपथ, साइंस कॉलेज के सामने, पटना-800 006
पहली मंजिल, दरबारी बिल्डिंग, महात्मा गांधी मार्ग, इलाहाबाद-211 001
36 ए, शेक्सपियर सरणी, कोलकाता-700 017

वेबसाइट : www.radhakrishnaprakashan.com
ई-मेल : info@radhakrishnaprakashan.com

मुद्रक
बी.के. ऑफसेट
नवीन शाहदरा, दिल्ली-110 032

KRISHNA DWADASHI
Stories by Mahashweta Devi
Translated by Dr. Maheshwar

अकालमृत सुधीर रायचौधुरी को

भूमिका

प्रस्तुत संकलन की तीनों कहानियाँ इतिहास पर आधारित हैं। गत कई वर्षों से अनुभव करती रही हूँ कि मैं अपने लेखक 'मैं' के प्रति अन्याय कर रही हूँ। उसके लिए और कोई नहीं, खुद मैं जिम्मेवार हूँ। यदि समय और कार्यकाल पर तात्कालिकता हावी हो तो लेखन की उपेक्षा होती है। इसके लिए मुझे कोई पछतावा नहीं, क्योंकि लेखन की भले ही उपेक्षा हुई हो, लेखनी की नहीं। साहित्य नहीं लिखा गया, पर अनेक अन्य जरूरी कामों के लिए प्रयास लेखनी द्वारा ही किए गए। जिस जरूरी लेखन का दबाव मैं हमेशा अनुभव करती रही हूँ, उसकी चर्चा आत्मकथा में की जाएगी।

मेरे सर्वप्रथम लेखन से लेकर आज तक इतिहास ही मेरे लिए सर्वाधिक महत्त्वपूर्ण रहा है। और पिछले कई वर्षों से अनुभव करती रही हूँ कि चूँकि हम इतिहासमनस्क नहीं हैं, इसीलिए जाति-धर्म-वर्ण-विभाजन और विद्वेष, स्त्रियों के बारे में समाज की मानसिकता की अंधी संकीर्णता जैसी अनेक समस्याओं को हम संपूर्णता में समझ नहीं पा रहे हैं। इसका मतलब यह नहीं है कि अपने इस दौर के लेखन द्वारा मैंने कुछ समझाने की कोशिश की है। इस वर्ष के शारदीय साहित्य में मेरे लेखन के पीछे है मेरी अन्वेषणा। इतिहास पर भरसक रोशनी डालकर मैं केवल वर्तमान को समझने की चेष्टा कर रही हूँ।

ऐसी मानसिक स्थिति में नीहाररंजन राय, सुकुमार सेन और एक बार पहले पढ़ी दिनेशचंद्र सेन आदि की पुस्तकें फिर से पढ़नी शुरू कीं। अखबारों में जो स्तंभ लिख रही थी, उन्हें बंद करना पड़ा। पहले की आदतों को फिर से जिंदा करने की कोशिश की। ये थीं अनुशीलन और इतिहास-निष्ठता की आदतें। इसमें पूरी तरह तो सफल नहीं हो सकी, पर थोड़ा-बहुत पुराना अभ्यास लौट आया। इसे बनाए रखने की कोशिश कर रही हूँ। इस कोशिश को छोड़ना नहीं है, देखा जाएगा।

इतिहास के समय और समाज की पुनर्निर्मिति में मैं सहज और स्वच्छंद महसूस करती हूँ। बंगाल के इतिहास के विभिन्न कालखंडों को लेकर कितना तो लिखा है ! 'चर्यापद' के काल को लेकर ही कुछ नहीं लिखा। मगर आठवीं शताब्दी से लेकर उन्नीसवीं शताब्दी तक के समाज और मनुष्य को लेकर अनेक कहानियाँ और कुछ उपन्यास तो लिखे हैं। लोककथाओं पर मूलतः केंद्रित करके मैं लिखती हूँ। कह

सकती हूँ कि इस संकलन की कहानियों के लिए मुझे बहुत कम मेहनत करनी पड़ी है। 'कृष्णद्वादशी', 'केवल किंवदंती' कहानियों के आख्यान 'बांगालीर इतिहास' और 'वृहत् बंग' पुस्तकों से लिए गए हैं। नीहाररंजन, दिनेशचंद्र और सुकुमार सेन—तीनों ने ही 'सेक शुभोदया' से वणिक-वधू माधवी की कथा का उल्लेख किया है।

'कृष्णद्वादशी' की ऐतिहासिक पृष्ठभूमि के बारे में यथार्थ यह है कि राजा बल्लाल सेन ने सचमुच सुवर्ण-वणिकों पर चरम अत्याचार किया था। बल्लाल सेन द्वारा वर्ण-विभाजन और ब्राह्मण-तंत्र की स्थापना के फलस्वरूप, नीहाररंजन के मतानुसार :

"...पालचंद्र के समय में सामाजिक आदर्श और अनुशासन में एक उदारता थी। इसके अनंत उदाहरण हैं। ब्राह्मण वर्ग भी सामाजिक आदर्श को ही एक समन्वित, समीकृत आदर्श का रूप देने की सजग चेष्टा करता था। अन्य सामाजिक तर्क-पद्धतियों, आदर्शों और व्यवस्थाओं को अस्वीकार करने की कोई चेष्टा नहीं होती थी। कोई एकाधिकारी मनोवृत्ति सक्रिय नहीं थी। सेनवर्मन शासनकाल में, मगर ऐसी स्थिति न रही। समाज-व्यवस्था में कोई उदारता न रही, ब्राह्मण धर्म के अलावा अन्य आदर्शों तथा व्यवस्थाओं की कोई स्वीकृति न रही। संस्कार और संस्कृति तथा तदनुयायी समाज और वर्ण-व्यवस्था एकात्म हो उठी। उनका ही सर्वव्याप्त अधिनायकत्व राष्ट्र की इच्छा और निर्देश में प्रतिष्ठित हो गया।

"कल जो होना था, साथ-साथ हुआ।"

इसी से ब्राह्मण-तंत्र को सर्वोच्च अधिकार-दान और वर्गीय स्वार्थ के अनुरूप जाति-वर्ण-विभाजन सामने आया। इन सबके फलस्वरूप होने वाले पाप ने समाज की देह को जला डाला। समाज को खंड-खंड और दुर्बल कर डाला। हम आज भी उसी के उत्तराधिकार को ढो रहे हैं।

ऐसे अंधकाराच्छन्न समय में नारी की सामाजिक स्थिति कैसी थी, इसका सहज ही अनुमान लगाया जा सकता है। मगर माधवी (कृष्णद्वादशी) और वल्लभा (केवल किंवदंती) सिर्फ किंवदंती अथवा कपोल कल्पना नहीं हो सकतीं। इन दो स्त्रियों की कथा प्रसिद्ध और लिपिबद्ध हुई, यह इस बात का यथेष्ट प्रमाण है। इसको जानने के लिए 'बांगालीर इतिहास', 'वृहत् बंग' के अलावा दुर्गाचरण सान्याल कृत 'बंगेर सामाजिक इतिहास' (मैंने इसे चालीस वर्ष पूर्व पढ़ा था) को पढ़ा जा सकता है। माधवी की कथा द्रौपदी की तुलना में कहीं ज्यादा गर्व की बात है। वल्लभा तो है ही अनन्या।

'यौवन' कहानी की ऐतिहासिकता के बारे में मैं इतना ही कहूँगी कि 1961-'62 वर्ष में 'बेंगाल : पास्ट ऐंड प्रेजेंट' पत्रिका के किसी अंक में मैंने एक निबंध पढ़ा था कि ईस्ट इंडिया कंपनी द्वारा भारत लाए गए सैनिकों में से कुछ बीच-बीच में

विद्रोह कर देते थे। वे कुछ ही दिन बाद समझ जाते थे कि 'बंगाल जाओगे तो नवाब हो जाओगे' का प्रलोभन पूरी तरह झूठा था। फौज छोड़कर भागने पर उन्हें हरिनबाड़ी (आज की प्रेसीडेंसी) जेल में बुरे हाल में रखा जाता था। इसलिए ये फ्रांसीसी शासन वाले चंदननगर या डच-प्रशासित श्रीरामपुर भाग जाते थे। बंदूक बेचकर जो पैसे मिलते उससे गुजारा करते हुए वहीं रह जाते। इन पलातक सैनिकों, जिन्हें 'भागी गोरा' कहा जाता था, को पकड़ने पर ईस्ट इंडिया कंपनी सरकार मोटी बख्शीश देती थी। इस कहानी को पढ़कर मैंने उन्हीं दिनों 'चतुष्पर्णा' पत्रिका में 'नृसिंहदुरवतार' शीर्षक कहानी लिखी थी। आज 30-32 वर्ष बाद ढूँढ़ने पर भी वह पत्रिका मुझे नहीं मिली। 'यौवन' उसी कहानी का नया (1993 का) संस्करण है। इस कहानी में प्रकृति और प्राकृतिक, मूल और आदिम को आक्रांत रूप में दिखाने की बात मेरे लिए मूल्यवान है, क्योंकि तथाकथित सभ्यता के दबाव में आज मनुष्य की सहज-स्वाभाविक आदिम प्रकृति और उसके अरण्य-जल- पर्वत-आरण्यक-जलजात सब-कुछ खो चुके हैं। और आज मानव-समाज में एकांत, सहज, स्वाभाविक आदिम मनुष्य भी विपन्न हैं। 'यौवन' कहानी में प्रतिवाद और वाक्हीन, गूँगा, क्रुद्ध चीत्कार कहाँ है, इसे पाठक खुद खोज लेंगे। वह कासिम सब-कुछ जानता था। मगर उनकी कथा सुनने की बात तो हम भूल ही चुके हैं। किसी-किसी विरल मनुष्य को यह समय और समाज इसी तरह बाँध कर रखता है। उस आदमी का खून निःशब्द बहता रहता है। मैंने यह पुस्तक सही आदमी को समर्पित की है।

—महाश्वेता देवी

अनुक्रम

कृष्णद्वादशी

> सेन राजाओं की महिमा का जो भी बखान हैं, वह उनकी राजसभा के कवियों के कंठों से ही निकला है। उनकी जो थोड़ी-बहुत स्मृति बची है वह केवल ब्राह्मण स्मृति-शासित समाज के उच्चतर वर्गों तक ही सीमित है।...सेन राजाओं में से किसी एक के लिए भी कोई लोकगीत नहीं रचा गया। बांग्ला साहित्य की लोक-स्मृति में सेन राजवंश का अस्तित्व समाप्त हो गया है।
>
> —नीहाररंजन राय : 'बांगालीर इतिहास' (बंगाली जाति का इतिहास)

गंगा और महानंदा नदियों के संगम पर, गंगा के उत्तरी किनारे के समानांतर कई योजन में फैली है लक्ष्मण सेन की राजधानी लक्ष्मणावती। पूंड्रवर्धन अथवा रामावती की तरह लक्ष्मणावती भी एक ही परिकल्पना पर निर्मित है। मूल नगरी तीन ओर से एक खाई द्वारा घिरी हुई है। दक्षिण दिशा में गंगा है। बीच में राजा का महल है। उसके चारों ओर संपन्न राजकर्मचारियों, ब्राह्मणों, वैद्यों और करणकायस्थों की बस्तियाँ हैं। नगरी का यह भाग ही सर्वाधिक समृद्ध है।

इनके बाद वणिकपल्ली है। गौड़ बंगाधिप लक्ष्मण सेन को 'वाणिज्ये बसति लक्ष्मी'* पर विश्वास नहीं है। अपने पूर्वज बल्लाल सेन की तरह ही कभी वे वणिकों से रुष्ट होते हैं, कभी उदासीन। सुवर्णवणिकों और शंखवणिकों का प्राचीन गौरव समाप्त हो गया है। वणिक लोगों को पता नहीं कि वे अपने पुरखों के गौरव को फिर से प्राप्त कर सकेंगे या नहीं।

नगरी पूर्व से पश्चिम की ओर लंबाई में फैली है। नगरी में रहने वालों की स्थिति से पता चलता है कि किनका समाज में क्या स्थान है। जुलाहे, कहार, कुम्हार, माली, तेली, मल्लाह, मोची आदि तीसरी श्रेणी में आते हैं।

अंतिम श्रेणी के लोग नगर के बाहरी इलाके में रहते हैं। मोदक, शौंडिक, मछेरे चौथी श्रेणी में आते हैं।

---

* वाणिज्य में लक्ष्मी का वास है।

ये बातें राजकवि गोवर्धनाचार्य बता रहे थे युवक पुरंदर को, जो केंदूबिल्व से आया था। पुरंदर एक भाग्यान्वेषी युवक है। लक्ष्मण सेन की राजसभा में केंदूबिल्व के जयदेव की प्रतिष्ठा और सफलता की चर्चा राढ़भूमि के बच्चे-बच्चे की जुबान पर है। लक्ष्मणावती का नाम गाँव के कवियशोप्रार्थी, महत्त्वाकांक्षी युवकों को आकर्षित करता था।

''समझ रहे हो न, युवक ?''

''जी हाँ।''

''ग्वाले, नाई और धोबी पाँचवीं श्रेणी में आते हैं। और वह जो झोंपड़ियाँ दूर पर दिखाई दे रही हैं, उनमें तुम्हें अलग-अलग बसे हुए बाउड़ी, चमार, पाटनी, डोली ढोने वाले, ब्याध, डोम, बागातीत, बेदिया, चंडाल, शबर, पुलिंद, निषाद आदि अनेक जातियों के लोग मिलेंगे।''

''नगरी बड़ी समृद्ध है।''

''हाँ !...समृद्ध तो है ही। पर जानते हो, वृद्धावस्था के निकट आकर राजा ने नई नगरी की स्थापना की।''

''वह तो करना ही था।''

''राजवृत्त के अनुसार एक राजा दूसरे राजा द्वारा स्थापित नगरी में नहीं रहता।''

''सूर्य प्रायः अस्त होने वाला है। ऐसे समय में नदी तट पर माल बेचने के लिए बैठे हैं। भीड़ भी तो कम नहीं !''

''खेती में पैदा हुई चीजें बेचने आए हैं। जो चीजें बिक्री नहीं हुई हैं, उन्हें भी बेचकर, नाव में बैठकर दूसरे किनारे उतरकर घर चले जाएँगे।''

''लगता है, यहाँ खेती-बाड़ी खूब होती है। हमारे इलाके में ऐसा नहीं होता।''

''वरेंद्री में भूमि की प्रकृति ही ऐसी है कि सभी को कृषि के अनुकूल प्राकृतिक दक्षता मिली है। चलो, उस ओर चलते हैं।''

राजपथ खूब चौड़ा है। दोनों पश्चिम दिशा में चल पड़े।

अचानक पुरंदर ठमककर खड़ा हो गया।

कारण यह कि एक अपूर्व सुंदरी रमणी गंगाघाट पर खड़ी थी। साड़ी बदन पर लिपटी थी और केश जैसे-तैसे लपेट लिए गए थे। माँग में सिंदूर और हाथ में शंख की चूड़ियाँ थीं। बिना किसी प्रसाधन के भी वह समुद्र से निकली जलपरी जैसी दिख रही थी।

गोवर्धनाचार्य की भौंहों पर बल पड़ गए।

''माधवी !''

रमणी ने धीरे से मुँह फेरा। फिर भूमि पर सिर रखकर प्रणाम किया।

''संध्या होने में देर नहीं। ऐसे समय भला कोई कुलवधू घाट पर आती है ?''

''बनिए की बहू क्या करे, ठाकुर ? उसे तो हर रोज दिया तैराना पड़ता है।''

''तुम्हारे स्वामी अभी लौटे नहीं ?''

''नहीं ठाकुर ! कितने महीने बीत गए। आश्विन मास में उन्होंने यात्रा शुरू की थी। फिर आश्विन आने वाला है। ध्वजापूजा का दिन आ गया...आज्ञा दें ठाकुर... जाऊँ मैं ?''

''अकेली तो नहीं आई हो न, बेटी ?''

''नहीं ठाकुर ! दासी है, दनू है।''

''तुम्हारी ओर भी तो घाट है ?''

''इसी घाट से वह गए थे न ! इसलिए इसी घाट पर दिया तैराने आना पड़ता है। मेरी सास अंधी हैं, कुछ समझतीं ही नहीं, रोज कहती हैं—जिस घाट से उसने नाव छोड़ी थी, उसी घाट पर दिया प्रवाहित करना है। शाम हो गई, चलती हूँ।''

माधवी चली गई। गोवर्धनाचार्य ने सिर हिलाया। बोले, ''इसकी यह अपूर्व सुंदरता ही इसके सर्वनाश का कारण बनेगी। लक्ष्मणावती के दिन अच्छे नहीं हैं। संध्या समय पथ-घाट निरापद नहीं रहे।''

''नगर में भी लुटेरों का डर है ?''

''नहीं, ये लुटेरे उनसे अलग हैं। धन-रत्न नहीं। रूप और यौवन के भी लुटेरे होते हैं !''

''क्या रूप है ! जैसे वासंती दुर्गा की प्रतिमा !''

''स्त्री के लिए इतना रूप अच्छा नहीं।''

''रूप तो जन्मजात होता है।''

''होता है, पर इतना रूप ? लक्ष्मणावती में तो इसके रूप को लेकर कितनी ही कहानियाँ प्रचलित हैं। सात कन्याओं की गोद में एक पुत्र। मानिक दत्त ने बहुत खोज-बीन करने के बाद इसे अपनी पत्नी बनाया था।''

पुरंदर ने सहज आंतरिकता से कहा, ''देखकर मन में श्रद्धा उपजती है।''

''और मुझे चिंता होती है। मैं उसके पिता को जानता हूँ। इसे भी इसके बचपन से देखा है। चलो, अब लौटते हैं।''

''आहा ! लक्ष्मणावती जैसे दीपमालिका है। कितनी रोशनी है ! क्या शोभा है !''

''नगर है, गाँव तो नहीं।''

''वह दूर पर किस चीज की रोशनी है ?''

''वह जय स्कंधावार का आलोक है। इस समय तो...जानते हो क्या स्थिति है ? नगर में सेना नहीं है। सेनावास दूर चला गया है।''

''किंतु महाराज तो...''

''हाँ ! एक समय था जब वे हाथी या घोड़े पर ही सवार रहते थे। किशोरावस्था

पार करते ही युद्ध करने निकल पड़े थे। कहाँ कलिंग और कहाँ कामरूप ? और पश्चिम में तो प्रयाग तक उन्होंने अपनी विजय-ध्वजा फहराई थी।"

अचानक गोवर्धनाचार्य का स्वर जैसे कड़वा हो उठा। बोले, "चलो, चलो। संध्या-वंदन करना है। मंदिर में संध्या-आरती देखेंगे।"

"चलिए, आचार्य !" पुरंदर ने कहा।

"लक्ष्मणावती के मंदिर में देवदासी का नृत्य जिसने नहीं देखा उसका जीवन व्यर्थ है।"

पुरंदर चुप रहा।

"कभी देखा है ?"

"नहीं आचार्य।"

"देखते कहाँ से ? गाँव में है ही क्या ? खेती, गाय-गोरू पालना, मछलियाँ पकड़ना और बेचना; एकदम बँधा हुआ जीवन।"

"कविकुलशेखर जयदेव तो गाँव से ही आए थे, आचार्यदेव !"

"स्वीकृति तो पाई नगर में आकर ही।"

"जी नहीं, गाँव में भी उनकी ख्याति अपार है।"

"गाँव को भूल जाओ, पुरंदर। तुम कवियशोप्रार्थी होकर नगर में आए हो।"

"अभी तक जो देखा है..."

"कुछ भी नहीं देखा। धीरे-धीरे देखोगे।"

शांत, स्वच्छ अंधकार में श्वेत पत्थर की तरह झलकती एक मुखाकृति, असावधानीपूर्वक बाँधी गई केशराशि, दुख के भार से आक्रांत दो आँखों और उनमें झलकती क्लांत हताशा ने पुरंदर को अभी भी घेर रखा था।

गोवर्धनाचार्य तीक्ष्ण बुद्धि के आदमी हैं।

उन्होंने कहा, "हाँ ! माधवी ! स्वाभाविक सौंदर्य एक स्वर्गीय देन है। सजा हुआ, बिना सजावट के, हर हाल में स्वतंत्र।"

दो

माधवी पीतल के दर्पण के सामने बाल बाँध रही थी। बालों का बोझ अब असह्य लगता है उसे। सुदूर अतीत में सायन ने एक बार कहा था, "आज वेणी बाँधना। तुम्हारी चोटी खींचने का मन कर रहा है।"

कभी वह फूल खरीदकर लाता और कहता, "आज तुझे फूलों से सजाऊँगा।"

तब वह कोई और माधवी थी। सरसों की खली से देह की सफाई करती और

घाट पर बैठकर अपने बाल सुखाती थी। हमेशा चिकन की डोरिया साड़ी पहनती थी। मोम और शंख से माँजा गया साड़ी का पाड़ झलमलाता रहता था। उस माधवी के गले में सोने का सतलड़ा हार, हाथों में चूड़ियाँ और कंगन, कानों में झुमके, नाक में नथ, ललाट पर बिंदी और माँग में सिंदूर चमकते रहते थे। पाँवों में आलता हमेशा भरा रहता था।

उसे सायन चंद्रमुखी कहता था।

और अब !

माधवी ने दासी से कहा, "जैसे-तैसे बाँध दे, जट कल छुड़ा लूँगी।"

चोटी बाँधकर माधवी ने गीले गमछे से मुँह पोंछा। फिर माँग में सिंदूर भरा और माथे पर बिंदी लगाई।

दासी ने उसे निहारते हुए कहा, "बहूरानी ! तुम कितनी सुंदर हो ! इतने से ही जैसे रूप फटा पड़ रहा है।"

"रहने दे गौरी। रूप की बात अब मुझसे सुनी नहीं जाती। क्या होगा रूप लेकर ?"

"बनिया जल्दी ही घर लौटेंगे।"

"जानती हूँ, पर आते क्यों नहीं ? कभी इतनी देरी नहीं करते थे। इस बार क्या हो गया ?"

माधवी ने तुलसी के चौरे पर दिया जलाया, शंखध्वनि की। हर कमरे में दिया दिखाकर गंगाजल के छींटे मारे। कभी सास ने यह सब उसे सिखाया था। अब माधवी अभ्यासवश यह सब करती है। जैसे कोई और उससे यह सब कराता है।

सास आँगन में बैठी थीं। माधवी ने जाकर उनका हाथ पकड़ा।

"घर में चलिए, माँजी !"

"चल बेटी। अच्छा ! तारे निकल आए हैं क्या ?"

"हाँ ! एक-दो निकले हैं।"

"जरा अपना हाथ दिखाना।"

"मेरा हाथ तो आपके हाथ पर ही है।"

"कमजोर हाथों से सास ने माधवी के हाथ टटोले, फिर बोलीं, "दुबली हो गई है तू।"

"नहीं माँ ! दुबली हुई होती तो चूड़ियाँ ढल-ढल करतीं।"

"मैं कर भी क्या सकती हूँ। मेरे से तो कुछ होता ही नहीं। तुझ अकेली पर सारी गिरस्ती का भार आ पड़ा है। ऊपर से मेरा भार..."

"माँ भी कहीं भार होती हैं ? चलिए, उठिए।"

"मेरी आँखें क्यों ले लीं, भगवान ? देख नहीं पाती, इसका मुझे बड़ा दुख है, बेटी।"

"मैं ही आपकी आँख हूँ, माँ। आइए, चलिए।"

बड़ी सावधानी से सास का हाथ पकड़े माधवी उन्हें कमरे में ले गई। बड़े जतन से कपड़े बदलवाए। फिर पीढ़े पर बिठाकर थाली में खोई और मुरमुरे, कटोरे में गरम दूध परोसकर कहा, "माँ, लीजिए, खाइए।"

"और तुम सब ?"

"उस बेला की तरकारी पड़ी हुई है। बस, भात पकाना है।"

"बच्चों को भी भेजकर छुट्टी पा गई।"

"ध्वजापूजा के पहले ही आ जाएँगे। मेरा भी मन बच्चों के बिना नहीं लगता। घर खाली-खाली-सा लगता है।"

"वह ध्वजापूजा अब कहाँ ! हमने अपने बचपन में जैसी ध्वजापूजा देखी थी, वैसी अब नहीं होती। होगी कहाँ से ? बनियों की वह साख अब कहाँ ? हमारी माँ के घर भी तीन-तीन नावें थीं। उन दिनों हर बनिए के घर नावें होती थीं। मरद लोग घर में टिकते कहाँ थे ?"

माधवी ने ये सब बातें कितनी ही बार सुनी हैं।

उसने कहा, "इस बार वे आएँ तो फिर न जाने दूँगी।"

"ऐसा भी कहीं होता है, बेटी ? व्यापार करने के लिए बाहर निकले बिना काम चलता है...हमारे पास खेती-बाड़ी तो है नहीं।"

"नगर में न हो तेल-फुलेल, मसालों आदि की एक दुकान लेकर बैठें। लड़का पाठशाला जाने लगा, लड़की भी नौ साल की होने को आई। अब उन्हें घर पर ही रहना चाहिए।"

सास ने गहरी साँस ली, फिर बोलीं, "ऐसा ही कहना, मैं भी कहूँगी। घर है, पोखरा है, बाग में आम, केला और कटहल के पेड़ हैं। गोहाल में गाय-बैल हैं। चिंता की क्या बात है ? आहा ! दूध-खोई खाते समय मन कैसा तो होता है ! सीता और सुधाकर को दूध-खोई बहुत पसंद है।"

माधवी ने सास को सांत्वना देते हुए कहा, "अब कितने दिन हैं ! बस, आने ही वाले हैं। कभी जाते तो हैं नहीं। इस बार मेरी माँ ने बड़ी चिरौरी करके बुलवाया था। नाती-नातिन को देखने का उसका बड़ा मन था..."

"हाँ ! वह तो है। भाई के ब्याह में भी तू नहीं गई थी। बच्चों ने भी नई मामी को नहीं देखा था। कैसी है नई बहू ? तेरा भाई आदित्य तो राजकुमार जैसा है।"

"सुना है, बड़ी धीर-स्थिर और अच्छे लच्छन वाली है।"

"वैसी ही चाहिए। तुम लोगों का खानदान तो रूप का खजाना है। सुंदरता में तुम्हारे खानदान से पार पाना मुश्किल है। तुम्हारा रूप देखकर ही तो सायन के बाप ने..."

माधवी ने हलके से हँसकर कहा, "लज्जा की बात है ! बच्चे तक पूछते हैं !

उठिए माँ, हाथ धो दूँ।"

सास का हाथ-मुँह धो-पोंछकर माधवी ने उन्हें बिस्तर पर सुला दिया।

अभी भी कितने काम बाकी हैं। भात पकाना है; दनू, राखाल के लड़के और गौरी को खिलाना है। फिर खुद खाना है।

उसके बाद खिड़की-दरवाजे बंद हैं या नहीं, देखकर वह खुद सोने जाएगी। पलंग पर सोने जाती है तो मन टूटकर बिखर जाता है। वह यहाँ आराम से सो रही है, जबकि उसका प्रियतम जाने किस अज्ञात देश में अथवा किसी अजानी नदी में नाव में लकड़ी की तख्तों पर सोया पड़ा है। या शायद उसे भी मेरी तरह नींद नहीं आ रही है और वह अपने घर के बारे में, अपने बच्चों और माधवी के बारे में सोच रहा है।

बच्चे पास में होते तो भी एक बात थी। उनके साथ समय तो कट जाता है। बच्चों को दोनों ओर लेकर सोती है माधवी। वे कहानी सुनाने को कहते हैं। पदुमा-उदुमा की कहानी। भगीरथ द्वारा गंगावतरण की कहानी। माधवी ज्यादा कहानियाँ नहीं जानती। बच्चों को सबसे ज्यादा पसंद है दानेवर चरवाहे की कहानी। दानेवर एक धनी किसान के गोरू चराता था। रोज ही वह गोरू लेकर जंगल के किनारे जाता था। एक दिन एक बाघ आकर एक गोरू को उठा ले गया। किसान दानेवर को मारेगा, इस डर से दानेवर रोता हुआ बाघ के पीछे-पीछे दौड़ता गया।

बाघ तो चरवाहे की बात सुनने वाला न था, पर जब दानेवर पीछे लगा ही रहा तो अचानक बाघ ने कहा, "अगर तुम्हारे कहने से गाय को न खाऊँ तो मैं क्या खाऊँगा ? मुझे बड़ी भूख लगी है।"

दानेवर ने कहा, "गाय के बदले तुम मुझे खा लो, मगर गाय को छोड़ दो। मैं उसे उसके मालिक के घर छोड़ आऊँ। मेरा विश्वास करो, मैं वापिस आ जाऊँगा।"

बाघ ने कहा, "नहीं, मैं भी तुम्हारे साथ चलूँगा।"

तब दानेवर, गोरू और बाघ गाँव पहुँचे।

मालिक के गोहाल में सभी गोरुओं को बाँधकर दानेवर बाहर आया। बोला, "चलो बाघ, अब मुझे खा लो।"

बाघ ने कहा, "मेरी पीठ पर बैठ जाओ। मैं तुम्हें जंगल के किनारे ले जाकर खाऊँगा।"

दानेवर बाघ की पीठ पर बैठकर जंगल में गया। वहाँ बाघ ने उसे उतार दिया। दानेवर ने डर के मारे अपनी आँखें बंद कर लीं। वह सोच रहा था, बाघ अब झपटा, अब झपटा कि तभी उसे बाघ की आवाज सुनाई दी, "आँखें खोलो, दानेवर। डर की कोई बात नहीं है।"

दानेवर ने आँखें खोलीं तो बाघ कहीं नहीं दिखा। सामने जटाजूटधारी शंकर हाथ में त्रिशूल लिए बाघ की खाल पहने खड़े थे। दानेवर ने शंकर को प्रणाम किया।

डर और भक्ति, दोनों ही उसके मन में लहरा रहे थे।

महादेव ने कहा, ''दानेवर ! तुम्हारी ईमानदारी और हिम्मत देखकर मैं बहुत खुश हूँ। देखो, यह जो पेड़ सामने है, उसकी जड़ के पास की मिट्टी खोदोगे तो तुम्हें सात राजाओं का धन मिलेगा। साथ ही मरकतमणि का एक शिवलिंग भी होगा। धन तुम ले लेना। जंगल कटवाकर यहाँ तुम बाघहाट नामक नगर बसाना और बाघेश्वर शिवमंदिर की प्रतिष्ठा करके शिवलिंग को उसमें स्थापित कर देना। बाघहाट नगर के तुम राजा होओगे। अब आँखें बंद करो। तुम्हें तुम्हारे घर छोड़ आता हूँ।''

फिर बाघ का रूप धारण कर शिवजी दानेवर को उसके घर छोड़ गए। बाद में दानेवर ने जमीन खोदकर खजाना निकाला, बाघेश्वर शिव का मंदिर बनवाकर सुख-शांति के साथ वहाँ राज करने लगा। जैसे उसके दिन फिरे वैसे सबके दिन फिरें।

''माँ, क्या बाघहाट नगर आज भी है ?''

''क्या जानूँ, बच्चा ?''

''तुमने बाघेश्वर शिव का मंदिर देखा है ?''

''कैसे देखूँगी ? यह कहानी तो सतयुग की है। तब पशु-पक्षी भी बातें करते थे, पेड़-पेड़ पर देवता बसते थे। आदमी घी-दूध में नहाता था। यह कहानी मुझे मेरी दादी ने बताई थी और दादी को उनकी दादी ने...''

दिवाकर निंदासी आवाज में कहता, ''वे दिन कितने अच्छे थे, माँ ! आजकल तो कुछ भी अच्छा नहीं है।''

आजकल तो बच्चे भी पास में नहीं हैं। बल्लहाटी में अपने मामा के घर गए हैं। माधवी के पिता सनातन वहाँ से दुकूल और कौषेय वस्त्र लाते हैं। लक्ष्मणावती के धनपति वणिक वह सब माल खरीद लेते हैं। इस नगर के वणिक-समाज में धनपति के घर जैसी समृद्धि है, दूसरे बनियों के यहाँ नहीं है।

लड़की का विवाह इस नगर में हुआ है, इसीलिए सनातन जब भी यहाँ आते हैं भारों में भरकर क्षीर के लड्डू, सफेद शक्कर, पतला चिवड़ा और मौसमी फल-सब्जियाँ लाते हैं। नाती-नातिन खाते हैं। माधवी पास-पड़ोस में बायना भेजती है। इतना कुछ ले आते हैं सनातन कि माधवी कहती है, ''इतना सारा क्यों लाते हो ? कौन खाएगा ?''

''क्या कहती हो, बेटी ? मैं क्या खाली हाथ आ सकता हूँ ? सारी घर की चीजें हैं, खरीदकर तो नहीं लाता।''

नगर में इतने मदिरालय हैं, इतनी वेश्याएँ हैं कि क्या कहा जाए ? नगर-समाज में घर-घर दासियाँ रखने की प्रथा है। बाजार से दासी खरीदकर घर लाने और उनका

भोग करने की रीति है। यह सब देखकर सनातन का मन वितृष्णा से भर उठता है।

भरसक वे नगर में रुकना नहीं चाहते। कहते हैं, "इससे तो बल्लहाटी अच्छा है। वहाँ अभी भी आदमी के पास इतना धन नहीं है। इतना दुराचार भी घर-घर में नहीं फैला है।"

एक ही भाई है, फिर भी माधवी उसके ब्याह में नहीं जा सकी। क्यों नहीं जा सकी, क्या उसके माँ-बाप समझते नहीं ? अभी सायन की आर्थिक स्थिति ऐसी नहीं है कि माधवी अपनी भावज को अच्छी मुँहदिखाई दे सके। वह नगर में रहती है, इस कारण उसकी बहनों को ईर्ष्या होती है। वे पूछेंगी, "क्या दिया है, बड़े घर की बड़ी ननद ने ? दिखाना तो जरा ?"

ईर्ष्या कहाँ से आती है ? क्यों आती है ? बाप के घर तो सभी बहनें एक ही कथरी के नीचे गुड़ी-मुड़ी होकर सोती थीं। एक ही बड़ी थाली में आम और दूध के साथ चिवड़ा मिलाकर खाती थीं। एक ही गुड़िया के साथ मिलकर खेलती थीं। कभी तो एक-दूसरे से ईर्ष्या नहीं करती थीं।

ब्याह के बाद पालकी में बैठने के पहले सभी बहनें गले लगकर कितना रोई थीं। माँ भी रो रही थी। रोते-रोते वह ससुराल आई। ससुराल में सास उसे गोदी में लेकर बैठीं और बड़े गर्व से कहा, "देखो, कैसी लक्ष्मी की मूरत-सी बहू लाई हूँ ! लड़की नहीं, कमल की कली है। समधी की सातों लड़कियाँ रूप की खान हैं, पर यह सबसे ऊपर है।"

यह सब पुरानी बातें हैं। पिता ने सास के हाथ-पाँव जोड़े तब कहीं इस बार एक सप्ताह के लिए नाती-नातिन को अपने साथ ले जा सके। बच्चों को नाना-नानी के घर खुलकर खेलने का मौका मिलेगा। पोखरे की मछली और घर में बना घी खाने को मिलेगा। बहुत दिनों से माधवी मायके नहीं जा सकी है। अभी भी नहीं जा सकती। चलो, बच्चे ही घूम आएँ।

माधवी की सास ने समधी से कहा था, "ले जाइए, पर हमारे घर में तो इनके बिना अँधेरा हो जाएगा..."

"मैं खुद इन्हें छोड़ जाऊँगा।"

पिता को घर के बाहर तक छोड़ने आई माधवी ने मृदु स्वर में कहा, "बाबूजी, बच्चों के पिता की कोई खबर मिली आपको ?"

सनातन ने इनकार में सिर हिलाया, बोले, "नहीं बेटी, मगर वह अकेला तो नहीं गया है। उसके चार साथी भी व्यापार करने उसके साथ गए हैं—भरत, सुरपति और गंगाधर भी उसके साथ हैं। उनके घरवालों से पता किया था। उन्हें भी कोई सूचना नहीं मिली है। तू चिंता मत कर। तेरी माँ ज्योतिषी के पास गई थी। उन्होंने गणना करके बताया है कि सायन कुशल-मंगल से है, जल्दी लौटेगा। माँ तेरी देवस्थान में

रोज पूजा करती है उसके लिए।''

''अच्छा ! बाबूजी।''

''तुम धीरज रखो। तुम्हारा हाथ ख़ाली...''

''नहीं बाबूजी, पैसे हैं।''

सनातन की बैलगाड़ी में हृष्ट-पुष्ट और ऊँचे वृहदाकार बैल जुते थे। छान ऊँची थी। दोनों तरफ नाचते हुए मोर बने थे। अंदर पुआल पर मोटी चादर बिछी थी। दोनों बगलों में पर्दे लटक रहे थे। बच्चे बैलगाड़ी के पीछे नाचते-कूदते चल रहे थे।

ऐसी ही एक बैलगाड़ी में बिठाकर सायन उसे उत्तरायण के मेले में स्नान कराने ले गया था। मेले में माधवी ने मिट्टी की बैलगाड़ी खरीदी थी, लाख की चूड़ियाँ पहनी थीं। लगता है जैसे युगों पहले की बात हो।

माधवी ने गहरी साँस ली। सायन की सब बातें अच्छी हैं। एक ही बुराई है उसमें कि समय की गति वह नहीं समझता। वणिक-समाज के अच्छे दिन तो अब फिरने वाले हैं नहीं।

एक समय गौड़-बरेंद्री-राढ़ प्रदेशों के वणिकों का समाज में बोलबाला था, पद-प्रतिष्ठा थी। उनका वाणिज्य जल-थल, दोनों ही पथों पर चलता था। माधवी ने यह सब पिता और पति, दोनों से सुना था। एक समय वणिक लोग नावों पर कपड़े, शक्कर, नमक, नारियल, सुपारी, कस्तूरी, मोरपंख, मृगचर्म, चंदन की लकड़ी, हीरा-मोती आदि लादकर देश-देशांतर में व्यापार करने निकलते थे और सोने-चाँदी की अनंत मुद्राएँ लेकर लौटते थे।

उन दिनों वणिक लोग सचमुच के सेठ थे। धीरे-धीरे लक्ष्मी ने वाणिज्य का साथ छोड़ दिया और भूमि में आसन जमाया और बल्लाल सेन के राजत्वकाल में वणिकों का स्थान नीचे कर दिया गया। आज लक्ष्मणावती में वाणिज्य-नौकाएँ टिकाने लायक घाट ही कहाँ हैं ? वह सब आज कपोल-कल्पना लगता है।

सायन कहता है, ''राजा लोग सोचते हैं, उन्होंने बनियों को दरिद्र कर दिया है, पर वे स्वयं भी तो दरिद्र हो गए हैं। अब रुपए किसके पास हैं ? कौड़ियों में खरीद-बिक्री होती है। कौड़ियाँ देकर ही जमीनें खरीदी जाती हैं। राजा जो दान करते हैं, उसमें भी कौड़ियाँ ही दी जाती हैं। सोना आजकल सिर्फ गहनों के रूप में है।''

''क्या पहले सोने और चाँदी के रुपए होते थे ?''

''हाँ, होते थे। पुरखों के जमाने का एक सोने का रुपया ठाकुरघर में रखा तो है। देखा नहीं ?''

''बनियों के दिन चले गए जी।''

''मैं उन दिनों को लौटा लाऊँगा।''

''कैसे ?''

''यहाँ से दुकूल, कौषेय, क्षेम-वस्त्र, सुपारी, औषधि लेकर गंगा के ऊपरी भागों

में जाऊँगा। वाराणसी, प्रयाग, कर्णपुर आदि नगरों को जाऊँगा।''

''सामान बेचकर लाओगे क्या ?''

''पत्थर के बर्तन, उन देशों के कपड़े और जो भी मिले।''

''नाव कहाँ से पाओगे ?''

''किराए पर लूँगा। बड़ी नावें तो जाती हैं उधर।''

''यह क्या अकेले तुम्हारी कल्पना है ?''

''नहीं माधवी ! भरत, सुरपति, गंगाधर और मैं—चार जन मिलकर यह काम करेंगे।''

''हमारे समाजपति धनपति दत्त को मालूम है ?''

''उन्हें बताकर ही जाएँगे। भरत तो उन्हीं का भांजा है।''

''वे क्या अनुमति देंगे ?''

''बूढ़ों की अनुमति की प्रतीक्षा में बैठे रहने से काम नहीं चलेगा। हमारा भाग्य नहीं फिरेगा।''

''भाग्य तो हमारा खराब नहीं है।''

''तुम बहुत थोड़े में संतुष्ट रहने वाली हो।''

''बल्लहाटी, कुमारहाट, तेवटा—चारों ओर बनिए जमीन खरीद रहे हैं। बाबूजी तो...''

''बल्लहाटी मुख्यतः बनियों का गाँव है। वहाँ ससुरजी का मान-आदर भी है। यहाँ नगर में हमें कौन पूछता है ? बल्लाल सेन के दबाव में बनियों की यह हालत हो गई।''

''इन सब बातों की मुझे क्या समझ ? पर समय के साथ तो चलना ही चाहिए। धनपति दत्त इसीलिए खरीद-बिक्री करते रहते हैं।''

''मैं भी तो खरीद-बिक्री के लिए ही जाऊँगा।''

''मुझे डर लगता है।''

''डर की क्या बात है, माधवी ? पुरुष काम करेगा ही। कर्म में ही मुक्ति है। युवकों से लेकर प्रौढ़ों तक सभी धनी पुरुष गले में और हाथों में माला लपेटे वेश्याओं के घर जाते हैं। घर-घर में पुरुष लोग दासियों के साथ भोग करते हैं। नगर में मद बेचने वाले धनी हो रहे हैं। यह क्या उन्नति का लक्षण है ? यह तो पतन है, महाअधोपतन।''

''ऐसा मत कहो।''

''एक बार, सिर्फ एक बार कोशिश करूँगा। देखो, क्या होता है। ध्वजापूजा के पहले-पहले घर लौट आऊँगा।''

विदाई के दिन माधवी भी घाट पर गई थी। भरत की पत्नी उमा, सुरपति की दोनों पत्नियाँ—अहना और लहना, जो जुड़वाँ बहनें हैं, और गंगाधर की पत्नी

रंजा—सभी दासियों के साथ आई थीं।

बाजे वालों ने बाजे बजाए थे, पुरोहित ने कलश स्थापित करके गणेश-पूजा की थी। सब-कुछ आज स्वप्न जैसा लगता है, स्वप्न ! लकड़ी की थाल में फल-फूल, मिठाई, धूप, दीप सजाकर पाँचों बनिया-बहुओं ने घाट पर खड़ी होकर नौका-पूजा की थी।

यह नाव सप्तडीङा के अग्रणी साहूकार मधुकर की न थी। सायन और उसके साथियों की भी न थी। फिर भी वही सब आचार, विधि-विधान किए जाते, जो अतीत में बंगाल में वणिकों के स्वर्णिम काल में किए जाते थे। बहुओं ने भी वैसा ही किया।

घाट पर भीड़ जमा हो गई थी। कारण यह कि बहुत दिनों से लक्ष्मणावती के लोगों ने बनियों द्वारा की गई नौका-यात्रा नहीं देखी थी। कोटिवर्ष, वाणगढ़, ताम्रलिप्ति ने जो देखा था, लक्ष्मणावती ने नहीं देखा था।

"कोई परब है क्या ?"

"गंगा-पूजा तो इन दिनों होती नहीं।"

"देखो-देखो ! बनिया-बहुएँ घाट पर आई हैं।"

दर्शक तरह-तरह की बातें कर रहे थे, पर माधवी के कानों में यह सब नहीं जा रहा था। लड़के और लड़की के हाथ पकड़े वह एकटक नाव की ओर देख रही थी। अचानक एक कर्कश स्वर कान में गया।

पता नहीं किसने जोर से कहा, "अरे ! यह क्या देख रहा हूँ—कीचड़ में कमल। वाह ! क्या रूप है ?"

माधवी की भौंहों पर बल पड़ गए। उसने घूमकर देखा। लंबा और स्थूलकाय वह व्यक्ति उसे ही घूर रहा था। गहनों और कपड़ों से तो कोई धनपशु मालूम पड़ रहा था। आँखों में नंगी लालसा तैर रही थी। माधवी ने अन्या बनिया-बहुओं से कहा, "चलो, घर चलें।"

वहाँ दनू था, राखाल था। बनिया-पाड़ा के दूसरे लड़के भी थे। गुस्से से लाल माधवी हनहनाती हुई चल पड़ी। मोहल्ले में घुसी तो दनू ने कहा, "वह राजा का साला कुमार दत्त था।"

"घाट पर क्या करने आया था ?"

"कुछ करने को है नहीं। मतैले हाथी की तरह दिन-रात नगर में फिरता रहता है।"

माधवी को अपना-आप अपवित्र-सा लग रहा था। उस आदमी की गंदी, लोलुप दृष्टि जैसे उसकी देह से चिपक गई थी। सभी बहुएँ माधवी के घर आईं। एक-दूसरे को पान का बीड़ा खिलाया, माँग में सिंदूर भरा।

तुरत घर लौटने की किसी की इच्छा न थी, पर अहना-लहना की सास-ननद

बड़ी क्रोधी थीं।

सुरपति के लिए माधवी के मन में गहरी सहानुभूति थी। माँ और विधवा बहन के बीच घर में वर्चस्व की लड़ाई चलती रहती थी। बहुओं की गलती निकालने में मगर दोनों बराबर सक्रिय रहतीं। मीन-मेख निकालती रहतीं। बहनें सास-ननद से तो भिड़ नहीं पाती थीं, पर उन्हें आपस में भिड़ने से कौन रोकता। सगी बहनें थीं तो क्या, सौतें भी तो थीं। और चारों सुरपति से शिकायत करतीं एक-दूसरे की।

चलते समय सुरपति ने सायन की माँ के पाँव छूकर प्रणाम करके कहा था, "ताईजी, कुछ महीने बाहर रहूँगा, थोड़ी शांति मिलेगी।"

वस्तुतः सुरपति के घर में भयानक अशांति थी। बढ़ते-बढ़ते जब अशांति चरम पर पहुँच जाती तो सुरपति उन्हें धमकाता, "ज्यादा करोगी तो संन्यासी बनकर निकल जाऊँगा।" इस बात का असर होता। कुछ दिनों के लिए कलह शांत हो जाता, पर अंदर ही अंदर धुँधुआता रहता और मौका मिलते ही फिर फूट पड़ता।

अहना-लहना चली गईं।

उमा बोली, "देखना, कल से ही लोगों के कानों के पर्दे फटेंगे।"

"हाँ...बहुत लड़ती हैं।"

"बहन ! बहुओं को बहुत सहना पड़ता है। मैं तो मुँह बंद किए सुने जाती हूँ। कुछ बोलती ही नहीं।"

"मगर तेरी सास उतनी कर्कशा भी नहीं है। इन बेचारियों के ही भाग फूटे हैं।"

रंजा ने कहा, "भाई ! तेरे जैसी किस्मत तो किसी की नहीं। कौशल्या जैसी सास और राम जैसा वर ! किसी ने कभी तेरे घर में जोर से बोलने की आवाज नहीं सुनी।"

"कितनी छोटी थी, जब मैं यहाँ आई ! बचपन में माँ और बुआ ने कितने व्रत-उपवास कराए थे, उसका भी तो पुन्न-परताप होगा ?"

"वह सब तो हमने भी किया था।"

"तो फिर तुझे क्या तकलीफ है। मजे में तो है।"

"हाँ ! मजे में तो हूँ ही..." अचानक रंजा रो पड़ी।

"क्या ? क्या हुआ, रंजा ?"

"घर के लोग अपने बेटे का दूसरा ब्याह रचाने वाले हैं। इतने दिनों से अकेली मालकिन की तरह थी। बच्चे भी बड़े हो गए। अब इस उमर में सौतन के साथ कैसे रहूँगी, तुम्हीं बताओ ?"

"सच्ची ?"

"और नहीं तो क्या ! नाटे का गुरु हमारा अपना मामा है। उसकी लड़की बड़े लाड़-प्यार में पली है। चाहते हैं, बेटी आँखों के सामने रहे। ढेर-सारा दहेज देंगे।"

"क्या किया जाए ? समाज की यही रीत है। सौत के साथ गिरस्ती चलाना तो..."

"वह भी अपनी बहन...तेरे जैसी तो नहीं हूँ, पर अभी भी मैं इतनी बुरी तो नहीं दिखती। घर का कौन-सा काम है, जो मैं नहीं करती ? इतना बड़ा परिवार है ! अतिथि-कुटुम का आना-जाना भी लगा ही रहता है। हमारी सास को सफाई की सनक है। एक काम को दस बार कराती हैं।"

"सब जानती हूँ।"

"नई आएगी तो क्या पुरानी का आदर-मान रहेगा ?"

"कन्हाई का बाप क्या कहता है ?"

"वह क्या कहेगा ? माँ-बाप का कहना टाल सकता है क्या ? कभी नहीं। देखना, मैं भी सहूँगी नहीं।"

"चल, बटचंडी के थान पर पूजा कर आएँ।"

"नहीं, पहले निदया के पास जाऊँगी। वह वशीकरण जानती है। देगी कोई जड़ी-बूटी।"

"पर रंजा, यह बात तेरे घरवाले जानेंगे तो..."

"पता चलेगा ही क्यों ?"

रंजा के नासापुट फूल उठे। बोली, "आज सास कह रही थी—बहू जैसे समय से पहले बूढ़ी हो गई है। कल उनका बेटा भी यही बात कहेगा। क्या मर्द बूढ़े होते ही नहीं ? उन्हें हमेशा जवान औरत चाहिए। समाज का यह कैसा नियम है ? खैर, छोड़ो। अबेर हो रही है। चलती हूँ।"

"पालों में हवा भरी हुई थी। नाव तेजी से जा रही होगी। है न ?"

"हाँ, मगर नाव में वजन है न, इसलिए बहुत तेज नहीं जा पाएगी। चिंता मत करो। वे लोग कुशल से लौट आएँगे। मैंने कन्हाई के बाप से कहा है, मूदगिरि पहुँचने पर वापिस आने वाली किसी नाव के मल्लाह से समाचार भेज देना।"

"भगवान करें उनकी यात्रा सुख से बीते।"

मगर समाचार तो कोई आया नहीं। दिन पर दिन बीतते गए, महीने पर महीने। तीन महीने बीत गए। इसीलिए माधवी गंगा के पानी में खड़ी होकर फूल चढ़ाती है और शाम को दिया प्रवाहित करती है।

सभी को मालूम है कि इस नगर के चार वणिक-पुत्र व्यापार करने के लिए नाव से निकले हैं। पर राजसभा के लोग चूँकि आम जनता से एक दूरी बनाए रखते हैं, इसलिए शुरू-शुरू में यह बात वहाँ तक नहीं पहुँची थी।

नगर के दूसरे हलकों में इस पर चर्चा होने लगी थी। धनपति के समधी पुनर्भव

ने कहा, "यह काम अच्छा नहीं है। समाज में जो काम कोई नहीं करता उसे करने की जरूरत क्या थी इन्हें ?"

वणिक-समाज के युवकों में उत्साह का संचार हुआ था। उन्हें लगा था, लक्ष्मण सेन की राज्य-सीमा ही पूरी पृथ्वी नहीं है। और भी देश हैं। साहस करके आदमी निकल पड़े तो सुख-समृद्धि के रास्ते खुल सकते हैं।

बाजार-हाट में, पारघाट में, मदिरालयों में सभी लोग विस्मय के साथ सायन और उसके साथियों की नौका-यात्रा के बारे में बातें करते। गए कहाँ वे सब, पूछते।

पर अब कोई उनकी चर्चा नहीं करता। जो इतने दिनों बाद भी नहीं लौटे, शायद लौटें भी न, उनकी चर्चा कौन करे ? मूदगिरि कहाँ है ? कहाँ है प्रयाग ? हो सकता है, नाव रास्ते में डूब गई हो ! या फिर विदेश में डाकुओं ने उन्हें मार डाला हो !

बनिया मोहल्ले में कुछ परिवर्तन लक्ष्य किए गए।

भरत की बहू उमा की उसके घरवाले कुछ दिनों तक आलोचना करते रहे कि शायद उसी ने धन के लोभ में पति को कोंच-कोंचकर दूर-देश भेजा हो।

मगर अब उसे कोई कुछ नहीं कहता। उमा की सास मंदिर-मंदिर में मानता करती फिर रही थी।

सुरपति के घर में जो बदलाव आया, वह ज्यादा ही साफ-साफ लोगों की नजर में आ रहा था ? सास, ननद, अहना, लहना किसी की ऊँची आवाज अब सुनाई नहीं पड़ती। घर में कोई झगड़ा-झंझट नहीं। सभी जैसे गूँगी हो गई थीं। हर मंगलवार को उनके घर चंडीपाठ होता है, ब्राह्मण-भोज होता है। अहना और लहना प्रति मंगलवार को व्रत रखती हैं।

बटचंडी एक लौकिक देवी हैं। बटवृक्ष पर उनका निवास है। दोनों बहनें वहाँ पूजा करती हैं। मिट्टी के नाव में पाँच तरह के अनाज लादकर वे बटचंडी को चढ़ाती हैं कि ऐसे ही भरी-पूरी नाव लेकर उनका पति वापिस आए।

रंजा को सौतन का डर अब नहीं सताता। उसके मामा ने कोई और सुपात्र वर खोजकर बेटी को उसके हवाले कर दिया है। रंजा पागल की तरह दैवज्ञ, ज्योतिषी और निदया के घर दौड़ लगाती रहती है। आँसुओं से आँचल भिगोती हुई कहती है, "तुम लौट आओ घर। सौतन भी लाओगे तो भी कुछ न कहूँगी। वह दरद भी सह लूँगी।"

दायित्व के बोझ से लदी माधवी जैसे पुरखाइन हो गई है। धैर्य, पहले जितना था, उससे सौगुना बढ़ गया है। पहले बहुत हँसती थी, अब मुश्किल से हँसी आती है। गृहस्थी का सारा भार जिस पर है, उसका धैर्य खोने से काम कैसे चलेगा ? सास के अंतिम दिनों की संतान है सायन। वे बूढ़ी हो गई हैं, ऊपर से आँखें नहीं रहीं। संतान के वियोग में कातर माँ को ढाँढ़स बँधाने वाला और कौन है

माधवी के सिवा ?

दनू को इस बात में घोर संदेह था कि माधवी घर को सँभाल पाएगी। क्या आएगा और किस तरह खर्च होगा, इसका हिसाब रख सकेगी।

दनू बातों-बातों में कहता, "यह सब क्या औरतों के काम हैं ? पुरुष बिना क्या घर चलता है ?"

माधवी ने उससे कहा, "तुम तो तीन पुश्त से इस घर में काम करते आए हो। मुझे क्या करना है और क्या नहीं करना है, तुम्हीं बता देना। मैं वैसा ही करूँगी। मैं तो कुछ जानती-बूझती नहीं। सिर पर उनकी छाया थी। सब काम अपने-आप होते थे। पर जितने दिन तक वे वापिस नहीं आते, काम तो चलाना ही होगा।"

दनू उसकी बातें सुनकर पिघल उठा। मालकिन कितनी अच्छी हैं। हुकुम नहीं चलातीं, मदद माँगती हैं। यह बात उसके मन में गड़ गई। बोला, "परवाह नहीं, माँ। मैं सब सँभाल लूँगा। कहो तो घर से लड़के को बुलवा लूँ, और नहीं तो घर का पहरा देगा।"

"तुम्हारी मरजी।"

गृहस्थी चलाने-भर को धन उसके पास था। फिर भी माधवी बड़ी किफायत से काम चलाती थी, जिससे कोई यह न सोचे कि सायन काफी धन-दौलत घर में छोड़ गया है।

ज्यादा समझकर लोग ईर्ष्या करेंगे।

कुछ नहीं है जानकर दया दिखाएँगे।

मनुष्य का स्वभाव ऐसा ही होता है। माधवी कितनी समझदारी से चलती है। लड़के और लड़की को भी समझाती थी कि अब पहले की तरह माँगते ही तुम्हें पिंजरे में चिड़िया, मिट्टी के खिलौने, मिठाइयाँ नहीं मिलेंगे। पिता तुम्हारे घर पर नहीं हैं। तुम्हें भी सँभलकर चलना पड़ेगा।

बनिया-पाड़ा में सब धन्य-धन्य करते।

कहते, "माधवी ने दिखा दिया। सारी गिरस्ती की जिम्मेवारी सँभालकर चल रही है।"

अहना-लहना माधवी से पूछतीं, "कैसे सब कर पाती है तू ?"

"करना तो पड़ेगा ही। माँ, बच्चे, घर-गिरस्ती किसकी देखभाल किए बिना काम चलेगा ?"

सब-कुछ देखती-भालती है माधवी और गंगा में दीप प्रज्वलित करके प्रार्थना करती है, "देवता, मेरे आदमी को मुझे लौटा दो। और कुछ नहीं माँगती।"

दीप तैरता-तैरता दूर चला जाता था। यह दृश्य देखने के आदी हो गए थे लक्ष्मणावती के निवासी। इससे कोई विचलित नहीं होता था।

तीन

माधवी घाट पर जाती और घर वापिस फिरती। किसी की तरफ नजर उठाकर नहीं देखती। सायन जैसे उसे एक अदृश्य रक्षा-कवच पहना गया है। माधवी को जैसे कुछ दिखता ही नहीं। रास्ते, दुकानें, पारघाट, घाट की सीढ़ियाँ, चारों ओर के मनुष्य—सब-कुछ जैसे उसे अवास्तविक लगते। पाँवों से कोई पत्थर टकराता तो वह चकित होकर उसे देखती। उसके लिए सायन के अलावा सब-कुछ अवास्तविक और झूठ लगता।

सभी उसे देखते थे, पर वह किसी को नहीं देखती थी। यह क्या वही सायन बनिए की बहू है ? पान बेचने वाली औरतें सहानुभूति से उसे देखतीं।

लक्ष्मण सेन की सबसे ज्यादा प्रिय रानी वल्लभा का भाई कुमार दत्त भी माधवी को देखता। लक्ष्मण सेन अपनी प्रियतमा वल्लभा की कोई बात नहीं टालता था। यह उसकी एक प्रचंड दुर्बलता थी। फिर भी जब वल्लभा ने अपने भाई को सर्वोच्च राजकर्मचारी अर्थात् प्रतिराज का पद देने को कहा तो लक्ष्मण सेन ने अस्वीकार में सिर हिलाया था। वे वल्लभा के लिए कुछ भी कर सकते हैं, उसके कहने पर उसे या किसी और को कुछ भी दे सकते हैं, पर शासन-तंत्र के प्रधान का पद नहीं दे सकते। इस बात का रोष है वल्लभा के मन में। अंतःपुर ही नहीं, स्वयं राजा को नकेल पकड़कर चलाने वाली वल्लभा के भाई की ऐसी उपेक्षा ?

कुमार दत्त मदिरालयों और वारांगना-पल्ली का मुख्य पृष्ठपोषक है। उसकी देह में षड्रिपु* अत्यंत प्रबल हैं और उनके दबाव में वह उद्भ्रांत हुआ फिरता है। माधवी पर उसकी कई महीनों से नजर है। चूँकि माधवी उसके अस्तित्व की संपूर्ण उपेक्षा करके चली जाती है, इसीलिए माधवी के प्रति उसका आकर्षण बढ़ता ही जाता है।

एक और आदमी नीरव, अवाक् दृष्टि से माधवी को दूर से देखता है। वह है पुरंदर। माधवी को जितनी बार देखता उतनी बार ही वह अवाक् होता। इतना अपरूप सौंदर्य, ऐसी चिंतामग्न और शोकाच्छादित दृष्ठि ! माधवी जैसे मानवी नहीं है। परम स्वाधीना, फिर भी चरम अनन्या ! जितनी बार वह माधवी को देखता, उसे लगता, यह मानवी हो ही नहीं सकती ! यह कोई देवी है—जलदेवी या वनदेवी। किसी शापवश वह ऐसी हो गई है। ऐसा तो सुना भी जाता है। उसके जन्मस्थान में कोपवती नदी के किनारे एक मनुष्याकृति पत्थर है। लोककथा के अनुसार—सुदूर अतीत में एक बार कोपवती कुपित हुई थी। उसमें भयंकर बाढ़ आई हुई थी। कोई ग्रामवधू पति के साथ नाव में बैठने की आतुरतावश किसी देवता पर पाँव रखकर चली गई। पदाघात से क्रुद्ध देवता के शाप से वह पत्थर हो गई। नाव में बैठे पति ने उसका हाथ पकड़ा तो देखा, वह पत्थर की प्रतिमा हो गई है। हारकर वह अकेला चला गया।

---

* काम, क्रोध, मद, मोह, मत्सर और लोभ नामक मनुष्य के छह शत्रु।

माधवी रक्त-मांस की बनी मानवी है, पर उसका समूचा व्यक्तित्व जैसे प्रस्तरीभूत हो गया है। सायन बनिए के वापिस आने तक वह ऐसे ही प्रस्तरीभूत रहेगी शायद।

गोवर्धनाचार्य ने एक दिन पुरंदर से पूछा, "लक्ष्मणावती में इतना-कुछ देखने-सुनने को है, पर तुम नदी-तट पर ही क्यों जाते हो नित्यप्रति ?"

"बनिया-बहू को देखने।"

"केवल देखते हो ?"

"हाँ, केवल देखता हूँ, जैसे कोई चलती हुई देवी-प्रतिमा हो।"

"अभागिन है बेचारी।"

"क्या सायन बनिया अब नहीं लौटेगा ?"

"आज तक तो उसका कोई समाचार मिला नहीं।"

"बनियों की बड़ी दुर्दशा है, क्यों ?"

"देखो पुरंदर, यह तो कालचक्र की गति है। आज जो ऊपर उठता है, कल नीचे गिरता है। एक समय बनिए इतने धनवान थे कि महाराज बल्लाल सेन भी उनसे ऋण लेते थे।"

"सचमुच ?"

"हाँ ! यह कहानी तुम नहीं जानते क्या ?"

"गाँव में लोगों को पता ही क्या चलता है ?"

"तुम सचमुच इतने अनभिज्ञ हो, इतने निष्पाप ? नगर में आए क्यों, बच्चे ?"

"यही तो उमर है घूम-फिर कर दुनिया देखने की। देश-देशांतर घूमने का शौक हमेशा से रहा है मुझे। एक बार घर से भागकर मैं दंडभूमि देखने गया था। जहाँ ताम्रलिप्ति बसी थी, वह स्थान भी देख आया हूँ। पैदल घूमते-घूमते घुमंतू बेदियों के साथ समुद्र-तट तक गया था। इसी तरह झक सवार हुआ तो यहाँ आ गया।"

"तुम्हारे घर में कोई नहीं है क्या ?"

"हैं क्यों नहीं ? माता-पिता, दादा-दादी, पड़दादी, भाई-बहन, गाय-बैल, जमीन, ताड़ के पेड़, नदी सब हैं।"

"विवाह हुआ है ?"

"हुआ था, पर गौने के पहले ही पत्नी का स्वर्गवास हो गया।"

"घर जाओ, आराम से रहो।"

"गीत लिखता हूँ, गाता हूँ और भ्रमण करता हूँ। इसलिए सभी मुझे टोकते हैं, कहते हैं—तेरा कुछ नहीं होगा। लक्ष्मणावती का नाम सुना। सुना राजसभा में बड़े-बड़े कवि हैं। राजा भी काव्यप्रेमी हैं। सोचा, यहाँ ज्ञानी-गुणियों के संपर्क में मेरा भी कुछ भला होगा। आपको मैंने अपना गुरु माना है। आपके ही चरण पकड़े बैठा हूँ।"

"यह निश्चिंत निर्भार जीवन। भोजनं, यत्रतत्र, शयनं हटमंदिरे।* बहुत अच्छा लग रहा है न ?"

"बहुत ही अच्छा। सवेरे आँख खुलती है तो बड़ा आनंद अनुभव होता है। सोचता हूँ, अभी बचा हुआ हूँ सांसारिक झंझटों से !"

"मरने का भय होता है या नहीं ?"

"उसका क्या डर ? सभी एक दिन मरते हैं, सो, मैं भी मरूँगा। किंतु आचार्य ! गाँव का जीवन और तरह का है। आदमी ज्यादा दिन जीता है और आयु की तुलना में मजबूत भी रहता है। हमारी पड़दादी आज भी सवेरे पूरे गाँव का पैदल चक्कर लगा आती हैं। किसके घर किस चीज की जरूरत है, इसका पता लगाती हैं। हमारे पिता और ताऊ अभी भी खेत में खड़े होकर खेती कराते हैं। देखिएगा, मैं भी बहुत दिन जीऊँगा।"

"गाँव, और नगर !"

"यहाँ के लोगों को देखकर ही पता चल जाता है कि ये आलसी और विलासप्रिय हैं। कसरत, कुश्ती, लाठी भाँजना, शिकार खेलना—यह सब तो देखता नहीं मैं। ऐसे पराक्रमी राजा ! उनकी सेना, सेनापति कहाँ हैं, किस छावनी में रहते हैं, कुछ पता ही नहीं चलता है।"

"सब है।"

"निश्चय ही होगा। एक समय महाराज ने गौड़, कलिंग, कामरूप को अपने शौर्य से कँपा दिया था। जगन्नाथ धाम, वाराणसी, प्रयाग में अपने विजय-स्तंभ खड़े किए थे। मगध पर भी अधिकार कर लिया था।"

"और ?"

"बुढ़ापे की सीमा में प्रवेश करके सिंहासन पर बैठे थे। ज्ञानी-गुणी लोगों को सभा में स्थान देकर उसकी शोभा बढ़ाई थी। राजधर्म की रक्षा की थी। ब्राह्मणों और वैद्यों का काफी सम्मान करते हैं।"

"राज्य तो अपने-आप नहीं चलता, उसे चलाना पड़ता है।"

"विशाल शासन-व्यवस्था है राज्य की। भूमि से ही अधिकतम राजस्व आता है। इसे भूस्वामी और सामंत देखते हैं। तेल-लगा चक्का जैसे आराम से चलता है, वैसे ही राज-काज चलता है।"

"लक्ष्मणावती का युद्ध-पर्व समाप्त हो गया है। अब इसका शांति और समृद्धि-पर्व चल रहा है।"

"कहा जा सकता है।"

"भोग-विलास का इतना अधिक आयोजन..."

---

* जहाँ मिले वहीं खा लेना और मंदिर में सो जाना।

"आदमी जो चाहता है, कर रहा है।"

"यहाँ का आदमी सुरा-सुंदरी के फेर में ज्यादा है। इतने तरह के फूल और शृंगार-प्रसाधन, उपकरण और विभिन्न प्रजातियों की भोग्या स्त्रियाँ, गणिकाएँ, दासियाँ और रखैलें ! संभवतः लोग यही सब चाहते हैं। इस कारण काव्य में भी शृंगार-रस का आधिक्य है।"

"अरे बच्चे ! तुम गाँव से आए हो, इसलिए नगर को ऐसी आँखों से देखते हो। गरम भात और दाल के अभ्यस्त पेट जैसे घी में पका अन्न और षोड़स व्यंजन पचा नहीं पाता, वैसे ही तुम्हारे साथ हो रहा है।"

"हाँ, आपकी बात सच है।"

"चिंता क्या है ? देखने आए हो, देखो। तुम्हारी लिखावट बहुत सुंदर है। यदि तुम रचित काव्य की प्रतिलिपि भी तैयार करोगे तो विद्वज्जनों में तुम्हारी बड़ी पूछ होगी।"

"मैं ऐसी रूखी बातें बोलता हूँ, आप नाराज तो नहीं होते ?"

"वरन अच्छी लगती हैं, जैसे मिष्ठान्न खाने के बाद तीता अथवा खट्टा अच्छा लगता है। मैं सदा बनाई हुई बातें सुनता हूँ, सच्ची बात नहीं सुन पाता। लोग सच बोलते ही नहीं। तुमने अभी नागरिक मानसिकता अर्जित नहीं की है। जो बात मन में होती है, वही कहते हो। मुझे बुरा नहीं लगता। किंतु पुरंदर ! सभी मेरे जैसे नहीं हैं। इसलिए देख-भालकर बात करना।"

गोवर्धनाचार्य ने फिर कहा, "और एक बात जानते हो ? पता नहीं क्यों मुझे लगता है, महाराज अपने युद्धाक्रांत जीवन के अंतिम दिनों में थोड़ा आराम, थोड़ा विश्राम चाहते हैं, वैसे ही लक्ष्मणावती भी आराम और विश्राम चाहती है। अलग-अलग नगरों का अलग-अलग चरित्र बन जाता है।"

"इतना बड़ा साम्राज्य !"

"दिशाओं-दिशाओं में, प्रांतों-प्रांतों में नगर हैं। महाराज वहाँ जाते हैं। तब यह बात तो है कि इतने बड़े साम्राज्य का शासन इनके ही किए संभव है।"

"तो फिर ?"

"महाकाल जो करेंगे वही होगा। एक समय के पूंड्रवर्धन, डमरनगर, रामावती की जो महिमा थी, अब समाप्त हो गई है। शबर लोग अपने अरण्योत्सव में एक गीत गाते हैं :

तुम कमल के पत्ते के जल
अभी हो, अभी नहीं
जब तक हो
झिलमिल करो, झिलमिल करो।

इस गीत का अर्थ है—जब तक हो, पूरे आनंद से रहो।''

''गाँव में इतनी जटिलता नहीं है, समझे ? खेत तैयार करो, बीज बो दो, चारा रोपो, उसकी देखभाल करो, फसल तैयार हो जाए तो काटकर घर ले जाओ—यही ग्राम-जीवन का कर्म-चक्र है। इतनी जटिलताओं से अनजान रहकर ही ग्रामवासी जीवन काट लेते हैं।''

''कोई जटिलता नहीं !''

''ओहो ! मोहल्ले के झगड़े, घर के झगड़े, फसल खराब होने जैसी परेशानियाँ तो वहाँ भी हैं, पर उसे जटिलता तो नहीं कह सकते। ग्राम-जीवन प्रायः अपरिवर्तित रहता है। इतने नगर बस गए हैं, इतने संपन्न नगर, इसका तो मुझे पता ही न था।''

''केंदूबिल्व गाँव भी क्या हमेशा था ?''

''पुराना गाँव है। वसंत, वर्षा, शरद और शीतकाल में बड़ा मनोरम लगता है। यहाँ हमारे गाँव जैसी लाल मिट्टी ही नहीं है।''

''फूल तो खिलते होंगे ?''

''ढेरों। और केंदूबिल्व ही क्यों, पूरा राढ़ प्रदेश गीतों से गूँजता रहता है। बड़े-बड़े मेले सजते हैं। कितने ही लोकगायक और चारण वहाँ आते हैं।''

''कल्पना मात्र से, पुरंदर, मैं मुग्ध हुए बिना नहीं रह पा रहा हूँ। फिर भी मैं तो नगर का आदमी हूँ। मुझे गाँव आकृष्ट नहीं करता। मुझे जो-कुछ चाहिए, वहाँ कहाँ मिलेगा ? मुझे सुंदर घर चाहिए, संध्या होते ही झलमल करता आलोक चाहिए, गाना भी सुनना है तो राग-रागिनियों में कुशल कंठ द्वारा, नाच देखना है तो उसके लिए भी उत्कृष्ट नृत्यांगना की जरूरत होगी।''

''अभी तक मैंने यहाँ कोई उत्सव नहीं देखा ?''

''जल्दी ही वणिकों की ध्वजापूजा होगी, देखना। इंद्रध्वज की पूजा होगी...इसे शत्रुध्वज भी कह सकते हो। प्राचीन काल में यह पूजा बड़े धूमधाम से होती थी। तब वणिक लोग वास्तव में सेठ कहलाते थे। ऐसे ही एक सेठ से तो बल्लाल सेन ने स्वर्ण मुद्राएँ उधार ली थीं। आज वणिकों के वे दिन नहीं रहे। अब ध्वजापूजा केवल एक औपचारिकता रह गई है। वह भी कम होती जा रही है। इसी कारण मैंने दुःख के साथ इसका नाम शत्रुध्वज रख दिया है। जिन श्रेष्ठियों ने इस ध्वजा को आकाश तक ऊँचा किया था, फहराया था, वे आज कहाँ हैं ? अब तो आदमी ध्वजदंड को हल के मूठ या गाय बाँधने के खूँटे के काम में लाना चाहता है।''

''सायन बनिया और उसके साथी बनिए क्या पूजा के पहले वापिस आएँगे ?''

''माधवी से तो यही कह गया है सायन। मुझे तो डर किसी और बात का है। भरत, सुरपति और गंगाधर के घरों में बाप, भाई, भतीजे आदि हैं, किंतु सायन के घर तो और कोई पुरुष नहीं है। पता नहीं वह किसके भरोसे सुंदरी पत्नी और बच्चों को छोड़ गया है। पता नहीं, माधवी अपनी घर-गृहस्थी कैसे चला रही है।''

“आपने तो बताया था, उनके पिता हैं ?”

“बाप-भाई से मदद लेने वाली लड़की वह नहीं है। बच्चे भी उसके अभागे हैं। बाप पता नहीं कहाँ जाकर बैठा हुआ है ! ध्वजापूजा के पहले आ जाए तो अच्छा है।”

अचानक उनकी बातचीत में व्यवधान पड़ा। नगरपथ पर एक स्त्री का तीक्ष्ण आर्तनाद सुनाई पड़ा, साथ में जनता का कोलाहल।

“क्या हुआ ? यह कैसा अशुभ चीत्कार है ? कोई स्त्री चीख रही है।”

गोवर्धनाचार्य जल्दी से बाहर निकले। खुले राजपथ पर माधवी पागलों की तरह चीख रही थी और अपना सिर पीट रही थी।

“नगरवासियो ! देखो, कुमार दत्त मेरा सर्वनाश करने पर तुला है। दिन की रोशनी में, सवेरे-सवेरे, स्नानघाट पर, सबके सामने वह मेरा हाथ पकड़कर..., मैं प्रतिराज के पास जाकर नालिश करूँगी। मैं महाराज से न्याय माँगूँगी।”

“माधवी राजमहल की तरफ दौड़ी। गोवर्धनाचार्य का मुख लाल हो उठा। उन्होंने पुरंदर से कहा, “चलो। यह क्या सुन रहा हूँ ? हाय ! ऐसा होने पर भी सूर्य आकाश में पहले जैसा ही चमक रहा है, धरती फटी नहीं !!”

चार

माधवी के साथ अनेक लोग, अगणित नर-नारी। ये वे लोग थे जो रोज ही स्नानघाट पर स्नान करने आते हैं, रास्ते के किनारे बैठकर सामान बेचते हैं या बाजार से सामान खरीदने आते हैं।

गोवर्धनाचार्य को देखकर माधवी हाहाकार कर उठी, “मैं अपवित्र हो गई, आचार्य ! कुमार दत्त ने...”

“कहाँ है कुमार दत्त ?”

माधवी ने आँखें पोंछकर कहा, “उसे...उसे...लोग पकड़कर ले गए, मगर मंत्रीगण उसके डर से कुछ भी करने में असमर्थ लग रहे हैं।”

“राजा के साले को दंड देने से डर रहे हैं ! यदि ऐसा पाप किसी और ने किया होता तो...”

जनता में से किसी ने वाक्य पूरा किया, “उसे अब तक श्मशान पहुँचा दिया गया होता।”

गोवर्धनाचार्य ने हाथ उठाकर जनता को चुप कराया और कहा, “यह धर्मराज्य है। महाराज इसका न्याय करेंगे।”

"उन्होंने अपना उत्तरीय माधवी के ऊपर डाल दिया और बोले, "चलो बेटी ! मैं तुम्हें महाराज के पास ले चलता हूँ।"

"हम भी हैं...हम भी आ रहे हैं..." कहते हुए धनपति तथा दूसरे वणिक आ खड़े हुए।

उन्होंने कहा, "हमारे घरों में भी बहू-बेटियाँ हैं। वणिक-समाज का अपमान हुआ है। हम भी आपके साथ चलेंगे।"

माधवी ने हाथ जोड़कर कहा, "समाजपति जी ! मैंने कभी मुँह नहीं खोला आप लोगों के सामने, ...पर आज मैं हूँ ! कल कोई और कुलवधू होगी अपमानित, कलंकित ! जिस राज्य में स्त्री-मान सुरक्षित नहीं है..."

"चलो, बेटी, चलो !"

इसके पहले कभी भी लक्ष्मण सेन की राजसभा किसी ऐसी घटना पर विचार करने के लिए नहीं बुलाई गई थी। जयदेव के गीत सुनती और पद्मावती का नृत्य देखती राजसभा बैठी थी। धोयी या गोवर्धनाचार्य या उमापतिधर या जयदेव का काव्य सुनने के लिए राजसभा बुलाई जाती थी। संगीत नहीं, नृत्य नहीं, काव्य नहीं, एक वणिक-वधू के शीलहरण का अभियोग सुनने के लिए पहली बार राजसभा बुलाई गई थी। और पहली बार राजसभा में कठोर मुखमुद्रा और प्रश्नाकुल आँखों वाले साधारण जन एकत्र हुए थे।

माधवी खड़ी-खड़ी अग्निशिखा की तरह जल रही थी। उसके भीगे केश बिखरे हुए थे, उसकी देह पर उत्तरीय पड़ा हुआ था और नथुने फूल रहे थे।

मंत्री, सभासद, पंडितगण और स्वयं महाराज चकित। ऐसी असामान्य सुंदरी, यह स्त्री कौन है ? इसे देखकर तो श्रेष्ठ सुंदरियाँ भी दासी लगेंगी ! एक कोने में दीवार से टिका कुमार दत्त खड़ा था। उसकी आँखों में अवहेलना का भाव था और होंठों पर हँसी।

महाराज ने गोवर्धनाचार्य से पूछा, "आचार्य, क्या बात है ?"

"ये लोग बताएँगे।"

"किंतु ये लोग तो चुप हैं, कुछ कहते क्यों नहीं ?"

"कभी आपके सम्मुख आए नहीं, इसीलिए साहस नहीं हो रहा है।"

"देखता हूँ, इनकी आँखों में क्रोध और अभियोग चमक रहे हैं।"

"हाँ महाराज ! बोलो माधवी, तुम बोलो। डरना नहीं। जो नारी अपने सत्य से भ्रष्ट नहीं होती, वह डरती नहीं।"

माधवी ने दोनों हाथ जोड़कर एक पल के लिए आँखें मूँद लीं। फिर कहा, "आप सब हमारे सम्मान, धर्म और शील की रक्षा करें। दिन की रोशनी में सबके सामने मेरी...मेरी...सम्मान-हानि हुई है..." रोती हुई माधवी ने अपना चेहरा दोनों हाथों से ढँक लिया।

महाराज ने आसन बदला। सभा की साँसें जैसे रुक गईं।

"कौन है, कौन है वह दुराचारी ?" महाराज ने पूछा।

माधवी ने कुमार दत्त की ओर अपनी उँगली उठाई। सभास्थल स्तब्ध हो गया। सभी के चेहरों पर डर की छाप थी। मंत्री उमापति ने आँखें मूँद लीं। उनके होंठों पर एक तिक्त मुस्कान थी। जैसे वे जानते हों, किसका नाम लिया जाएगा।

लक्ष्मीकेलिनायक, जंगमहारि, याचकों के कल्पवृक्ष, मुक्तिसाधकों के सहायक, युद्ध में भीष्मसदृश, बंगवासियों के परम प्रिय गौड़ेंद्र, सामंतराजमंडित महामंडप को अलंकृत करने वाले—आदि अनेक विशेषणों से विभूषित लक्ष्मण सेन सहसा कुछ बोल न सके। उनके माथे पर पसीने की बूँदें चुहचुहा आईं।

सभा में उपस्थित सभी लोगों की दृष्टियाँ महाराज पर गड़ी थीं।

लक्ष्मण सेन ने बड़े प्रयास से कहा, "किंतु..." बस यही एक शब्द उनके श्रीमुख से निकला।

"किंतु-परंतु नहीं, महाराज ! बहुत दिनों से मेरे पति विदेश में हैं। नगरवासी जानते हैं कि उनके आगमन के लिए प्रार्थना करने मैं नित्य गंगातट पर जाती हूँ और सवेरे गंगा मैया को फूल और तुलसी दल तथा संध्या को दीप अर्पित करती हूँ। गोवर्धनाचार्य ने एक दिन मुझसे कहा था—'संध्या समय बाहर घाट पर मत रुको। आजकल...' आज सवेरे स्नान-पूजन करके मैं घाट की सीढ़ियाँ चढ़ रही थी। तभी हजारों लोगों के सामने, दिन की रोशनी में ये मेरा हाथ पकड़कर बलपूर्वक खींचने लगे। मेरा अपमान हुआ है। मैं न्याय की प्रार्थना करती हूँ।"

जनता में से गुन-गुन आवाजें आने लगीं। उन्होंने साहस के साथ कहना शुरू किया—'राजा के रहते ऐसी हिम्मत !" 'दिन में भी स्त्रियाँ राजपथ पर सुरक्षित नहीं', 'राजा का साला है तो क्या जो चाहेगा, वही करेगा ?' आदि-आदि।

गोवर्धनाचार्य ने राजा की ओर देखा। उनकी आँखें कह रही थीं—अगर अभी भी राजा ने न्याय नहीं किया तो वे कौन-सा मुँह दिखाएँगे ?

पुरंदर दर्शकमात्र था। उसने विस्मय से आचार्य की ओर देखा। एक स्त्री कह रही है, उसका अपमान किया गया है, जनसाधारण इसके न्याय की माँग कर रहे हैं और पटवस्त्र, मुक्तामाला तथा स्वर्णमुकुट पहने राजा नीरव है, उसके मुँह में शब्द नहीं !

हाय कवि शरण ! तुमने लिखा था, इन्होंने भ्रूक्षेप मात्र से गौड़लक्ष्मी को, खेल-खेल में कलिंग देश को जीत लिया था। चेदिराज और म्लेच्छों को पराजित किया था। कामरूप, काशी और मगध तक विजय-पताका फहराई थी और दुर्जनों पर प्रचंड सूर्य की तरह तापवर्षा की थी।

जिनकी तुमने ऐसी प्रशस्ति गाई थी, क्या यही वह राजा हैं ?

किससे डर रहे हैं लक्ष्मण सेन ? राजा से बड़ा पराक्रमी वह कौन है ?

ऐसे में दासियों से घिरी रानी वल्लभा ने सभा में प्रवेश किया। उनके गले में मोतियों का हार शोभित था और सर्वांग आभूषणों से जगमगा रहे थे। उनकी चाल में गर्व और दर्प था और उनकी आँखों में क्रोधानल।

उन्होंने कर्कश कंठ से कहा, "क्या कहा ? मेरे भाई ने इसका अपमान किया है ? सभासदगण ! इसकी बात पर विश्वास न करें। पापी, दुष्ट उमापतिधर सदा से मेरे भाई का विरोधी रहा है। उसी ने यह षड्यंत्र रचा है। और कुछ नहीं।"

पुरंदर को लगा, आज, इतने दिनों बाद वह नगर का असली चेहरा देख रहा है, राजकुल के वृत्तांतों का प्रत्यक्षदर्शी हुआ है। बाहर का ठाट-बाट तो मात्र दिखावा है। स्रोत की ऊपरी सतह भले ही स्थिर हो, पर इसकी गहराई में अनेक कुटिल आवर्त हैं।

माधवी ने रानी को प्रणाम करके कहा, "हे धर्मपरायणा साम्राज्ञी ! समरजयी महाराज लक्ष्मण सेन की राजमहिषी ! मुझे क्षमा करें। मेरा ही दोष है, जो मैंने धर्म और न्याय की आशा करने की मूर्खता की थी। हाय लक्ष्मणावती ! इतने दिनों से जानती थी कि यहाँ का धर्म, यहाँ का न्याय अटल है। पशु-शक्तियाँ यहाँ दुर्बल और पराजित हैं। पर अब देख रही हूँ, यहाँ तो शक्तिशालियों और क्षमतावानों की ही चलती है। किंतु महारानी ! मैं तो इस समाज की एक साधारण स्त्री हूँ। केवल एक बनिए की बहू हूँ। आप तो राजा की कन्या हैं ! क्या आपके पितृकुल में ऐसे आचरण को सम्मानित, मर्यादित आचरण माना जाता है ? क्या वहाँ की यही प्रथा है कि जिस-तिस की बहू का जो भी चाहे अपहरण कर सकता है ?"

वल्लभा के मुँह पर एक कुटिल मुस्कान उभरी। उन्होंने सभा में उपस्थित सभी व्यक्तियों के सामने अपना एक पाँव ऊपर उठाया और सगर्व, उद्धत दृष्टि से जैसे सबको चुनौती देते हुए माधवी पर पदाघात किया। फिर विषाक्त कंठ से बोलीं, "मिल गया उत्तर ?"

समूची सभा नीरव ! माधवी उस आघात से जमीन पर गिर पड़ी थी, फिर उठ खड़ी हुई। उसने आश्चर्य से चारों ओर देखा। अंत में उसकी दृष्टि गोवर्धनाचार्य पर जा टिकी। एक पल बाद उसने कहा, "यहाँ न्याय नहीं है। और जहाँ न्याय नहीं है वहाँ धर्म भी नहीं है। मैंने किनसे क्या आशा की थी ! धिक्कार है आप सभी को ! राजसभा ! मैं धर्म के पीछे-पीछे जा रही हूँ। धर्म यहाँ से जा रहा है। हाय ! आँखों वाले अंधे हैं आप सब, जो इसे देख नहीं पा रहे हैं !"

बेंत की मार से आहत, यंत्रणा से जैसे छटपटाते हुए गोवर्धनाचार्य उठ खड़े हुए और गरजकर बोले, "जाना मत माधवी ! रुको, यह ब्राह्मण भी तुम्हारे साथ जाएगा। राजमहिषी को धिक्कार है, जिन्होंने अपने भाई के दुराचार के समर्थन में खुली राजसभा में न्याय की भीख माँगने वाली कुलवधू पर पदाघात किया। ऐसी स्त्री की हत्या करने पर भी कोई पाप नहीं।"

एक पल बाद उन्होंने फिर कहा, "प्रजागण ! आप भी यह राज्य त्यागकर जंगलों में चले जाएँ। पशुओं के राज्य में ऐसे दुराचार का आपको सामना नहीं करना पड़ेगा। महाराज ! आपको भी धिक्कार है ! आप तो दशरथ से भी अधिक स्त्रैण और भूमिलता से भी अधिक मेरुदंडहीन हैं !

"सभासदगण ! आप सब भी मेरुदंडहीन और पौरुषहीन हैं ! माधवी ने आप सभी को निरावरण कर दिया है। मैं देख रहा हूँ, इस राज्य का ध्वंस अवश्यंभावी है। आज इस देश का शासक और उसकी स्तुति गाने वाले नपुंसक हो गए हैं। आज गौड़ेश्वर के आसन को संचालित करने वाली शक्ति एक मदांध, मूर्ख रमणी के हाथों में आ गई है। सेन वंश के भाग्य का सूर्य अस्त होने वाला है। मैं चला। और ब्राह्मण के अभिशाप में कोई शक्ति यदि होती हो, तो मैं अभिशाप देता हूँ—सब-कुछ जलकर भस्म हो जाए। इस राज्य का ध्वंस हो। चलो, बेटी !"

उमापतिधर चीख उठे, "चले जा रहे हैं, गोवर्धनाचार्य चले जा रहे हैं ! क्या देख रहे हैं, महाराज ! यह तो अंत्य पर्व आ गया ! महाराज ! आप क्या धृतराष्ट्र हो गए हैं ?"

माधवी ने चीखकर कहा, "वही राजसभा है ! वैसी ही एक स्त्री यहाँ अपमानित हो रही है। कौरवों और पांडवों की तरह यहाँ के सभासद भी मूक दर्शक हैं ! क्या नपुंसकों ने भी कभी रमणी की लज्जा का निवारण किया है ?"

माधवी जा रही थी। गोवर्धनाचार्य जा रहे थे। वे सभा के बाहर जाते कि महाराज लक्ष्मण सेन, जैसे सोते से जागे हों, बोल पड़े, "नहीं आचार्य ! आप जाएँगे नहीं, यह वणिकवधू भी नहीं जाएगी। जाना ही है तो एक दूसरा व्यक्ति जाएगा।"

महाराज ने खड्ग उठा लिया। बोले, "कुमार दत्त का रक्त और यह राजसभा आज पवित्र होंगे, हमारा अपहृत सम्मान हम फिर वापिस पाएँगे।"

विमूढ़ कुमार दत्त को पकड़कर प्रहरियों ने राजा के पाँवों में डाल दिया। पुरंदर ने देखा, कुमार दत्त की आँखों की पुतलियाँ उलटी जा रही हैं, देह काँप रही है, किंतु कंठ से कोई स्वर नहीं फूट रहा है।

वल्लभा मुँह में आँचल खोसे हैं, पीले चेहरे में से उनकी आँखें निकली पड़ रही हैं।

लक्ष्मण सेन ने कंधे झटककर अपना उत्तरीय उतार फेंका। खड्ग हाथ में लेकर खड़े हो गए।

सभी को चकित करती माधवी दौड़ी आई। राजा के घुटनों पर हाथ रखकर बोली, "नहीं महाराज, नहीं ! आप न्याय करने को उद्यत हुए, इसी से मेरे अपमान का प्रतिकार हो गया। दया करके इसे प्राणभिक्षा दें !"

"इसे काटूँ नहीं ?"

"नहीं, महाराज।"

"किंतु इसने तुम्हारा..."

"नहीं महाराज ! इसकी भी स्त्री है, संतान है...इसकी संतान किस परिचय के सहारे बड़ी होगी ?"

राजा ने खड्ग नीचे झुका लिया, कहा, "सेनापति ! इसे, इसी क्षण राज्य की सीमा के बाहर करो। आज से यह मेरी राज्य-सीमा में प्रवेश नहीं करेगा। और बेटी, क्या तुम मुझे क्षमा करोगी ?"

माधवी ने प्रायः रुद्ध कंठ से कहा, "महाराज ! एक दरिद्र बनिए की स्त्री की मजाल जो वह आपको क्षमा करे ? सिर्फ एक प्रार्थना है, देखिएगा, स्त्री का कभी अपमान न हो।"

सभा में जैसे खुली हवा बहने लगी। अमात्य, मंत्री, सभासद—सभी माधवी की जयजयकार करने लगे। माधवी ने गोवर्धनाचार्य के पाँव छूकर कहा, "आचार्य ! आप इस राजसभा के विवेक हैं। इसे छोड़कर कभी मत जाइएगा।"

गोवर्धनाचार्य ने कहा, "मैं कहता हूँ, तुम्हारा पति अवश्य आएगा। आएगा, आएगा, आएगा।"

धनपति ने कहा, "उसे आना ही पड़ेगा। इतनी तपस्या कहीं व्यर्थ जाती है !"

रानी की तरह सिर ऊँचा करके माधवी राजसभा से चली। लक्ष्मणावती नगरी जैसे पागल हो उठी। कोई बाजा ले आया। नगर की स्त्रियाँ माधवी के सिर पर फूल बरसाने लगीं। नगर की बहू-बेटियाँ हूलू-ध्वनि* करती हुई उसे ले गईं। माधवी ने आज वणिक-समाज का सिर ऊँचा कर दिया है।

पाँच

ध्वजापूजा के बाजे बज रहे थे, चारों ओर बज रहे थे। इस बार की ध्वजाएँ बहुत ऊँची थीं, खूब सजी-धजी। गंगा के किनारे ध्वजाओं की पंक्तियाँ लहरा रही थीं। ढोल-नगाड़े बज रहे थे। बालक-बालिकाएँ आनंद में भरकर कलरव कर रहे थे। यह सब बनिया-पाड़ा के घाट पर हो रहा था। दूर से गोवर्धनाचार्य और पुरंदर यह सब देख रहे थे।

रेशम की नई साड़ी पहने सबसे आगे माधवी, सिर पर डाला रखे ध्वजा-परिक्रमा कर रही थी। बात-बात पर वह खिलखिलाती और खिल उठती।

"आह ! कितना सुंदर है !"

---

* एक प्रकार की शुभसूचक ध्वनि जो स्त्रियाँ एक स्वर में निकालती हैं।

"क्या आचार्य ?"

"यही जीवन, जीवित रहना। मनुष्य को, आनंद में डूबे मनुष्य को देखना कितना सुखकर है !"

"यही तो मैं कहता था।"

"अब मैं भी कहूँगा। और तुम जब भी अन्याय देखोगे, बिना किसी भय के आग की तरह लपलपाओगे उसके प्रतिकार में। कुछ तुमसे ले रहा हूँ, कुछ तुम्हें दे रहा हूँ।"

"उस दिन राजसभा में जो कुछ हुआ, अच्छा हुआ।"

"हाँ ! महाराज अब बहुत सतर्क, बहुत कठोर हो गए हैं। और प्रजा में आमने-सामने अभियोग लगाने का साहस उत्पन्न हुआ है। यह भी अस्थायी होगा। जितने दिन चलता है, चले। मैं भी मन ही मन यहाँ से कहीं दूर जाने की सोच रहा हूँ। संभव है, तीर्थाटन पर जाऊँ।"

"अथवा कोई नया काव्य लिखें ?"

"हाँ, हो सकता है। और तुम ?"

पुरंदर हँसा, फिर बोला, "केंदूबिल्व लौट जाऊँगा। खाली हाथ ही लौट जाऊँगा। नगर तो कलुषित है। यहाँ से ले जाने लायक कुछ भी नहीं।"

गोवर्धनाचार्य ने कहा, "चलो अच्छा है, किंतु क्या लक्ष्मणावती को भूल सकोगे ? यह स्मृति बनकर सदा के लिए तुम्हारे भीतर बसी रहेगी। और तुम यह भी जानकर जा रहे हो कि सायन और उसके मित्र लौट आए हैं।"

"वह तो मैं किसी की खिलखिलाती हँसी से ही समझ गया था।"

"सुखी रहें वे। तुम्हारी यात्रा शुभ हो। संभवतः तुमसे केंदूबिल्व में फिर कभी भेंट हो।"

"आप आएँगे केंदूबिल्व ?"

"हाँ ! आऊँगा एक बार। देखना चाहूँगा कि उस गाँव में ऐसा क्या है, जिसके लिए जयदेव ने राजेश्वर्य को तुच्छ समझा, राजकीय सुख-सुविधाएँ उसे बाँधे नहीं रख पाईं !"

"जयदेव से कहूँगा।"

"ठीक है। तुम्हारा कल्याण हो।"

पुरंदर चला गया। जब तक दिखाई दिया गोवर्धनाचार्य आशीर्वाद की मुद्रा में हाथ उठाए मुस्कराते खड़े रहे।

बाजों की आवाज पास आ रही है। और पास आ रही है। वे ध्वजा-विसर्जन करने जा रहे हैं। माधवी और सायन आगे-आगे चल रहे हैं। पुरंदर ठीक ही कहता था—जैसे चलती-फिरती देवी प्रतिमा हो !

"देखो, तुम्हारा प्रणाम लेने के लिए स्वयं आकर खड़ा हूँ।" गोवर्धनाचार्य ने

हँसकर कहा।

उन्होंने जमीन पर माथा टेककर प्रणाम किया। गोवर्धनाचार्य को लगा, इस बारहवीं शताब्दी में, लक्ष्मणावती में जो कृष्णद्वादशी चल रही थी, उसके अंधकार को माधवी ने कुछ-कुछ दूर कर दिया है।

ऊपर से बोले, "अच्छी तरह रहो ! सुखी होओ ! तुम्हारा कल्याण हो !!"

यौवन

आश्विन मास की अंतिम रात, जब चराचर ठंड में ठिठुरे हुए थे और रात की रानी के एक-दो फूल टप्-टप् चू रहे थे, पैंचा सनसनाता हुआ घर लौट रहा था। तभी नरसिंह कोटाल के घर से एक तीखी, गगनभेदी आर्त चीत्कार सुनाई पड़ी।

'बाप हमें मारे डाल रहा है, हे पंचो...' साथ में नारी-कंठ की आर्त पुकार 'बचाओ, मुझे बचाओ हे पंचो' स्त्री कंठ की रुलाई में एक शिशु की 'केहाँ...केहाँ' का रुदन भी मिला हुआ था। पेड़ों पर बैठे पखेरू भी फड़फड़ाने लगे थे। बड़ी अशुभ चीत्कार थी, जैसे किसी विधवा के शुभ्र वस्त्र पर बलि का रक्त छिड़क दिया गया हो। शांत उषाकाल जैसे अपवित्र हो गया। पल-भर में नजर कोटाल दौड़ता आ पहुँचा। उसके पीछे-पीछे आए नरसिंह के साथी भुवन दास और लोचन भुँइमाली।

''क्या हुआ ? क्या हुआ ? बाप रे ! इतना खून ! किसका खून है दुज्जोधन ?''

नरसिंह का पुत्र, दुर्योधन कोटाल, आँगन में खड़ा काँप रहा था।

''देखिए, देखते क्यों नहीं आप लोग ?''

एक कटोरे में बकरी का खून, एक केला और जवाफूल पड़ा था। कटोरा टूटा हुआ था। उसमें से बहकर खून फैल रहा था।

''हमें मार डालने के लिए बाप ने कटोरा चलाया है। हो ! देखो आप लोग।''

लोचन ने कहा, ''क्या कहते हो ? सारी रात नदी-पार फूली के घर में हम नशे में बेहोश पड़े थे। नरसिंह तो वहीं था। नाच रहा था। वह कैसे कर सकता है यह काम ?''

नजर कोटाल ने इसका प्रतिवाद किया, ''नाच रहा था न और कुछ ! एक कसोरा पीकर ही तुम चित हो गए थे। नरसिंह बाहर चला गया था कि नहीं ?''

''तो फिर मेरे पास में कौन लेटा था?''

''भुवन था, भुवन।''

नजर कोटाल शराब पीता है, पर बेहोश नहीं होता। वह फ्रांसीसी कंपनी की शराब की आढ़त का चौकीदार है। इसलिए लाठी हमेशा उसके हाथ में होती है।

अब वह लाठी ठोंककर बोला, ''तो फिर नरसिंह है कहाँ ?''

नरसिंह की औरत शिशुबाला की कमर टूट गई है। वह एक टूटी-फूटी औरत है। इस बीच वह भी घिसटती हुई आ गई है। पिछली रात की ठंड को कथरी नहीं आड़ सकी थी। रात-भर शिशुबाला काँपती रही। लोचन भुँइमाली के अलावा आज किसी को याद नहीं कि यह औरत एक दिन अपूर्व सुंदरी थी। वर्षा के दिनों में बढ़ियाई घिया नदी में उछलती, पकी हुई रोहू की तरह चंचल और उज्जवल देह थी इसकी, माँजी हुई काँसे की थाली जैसा रंग था इसका और केश कमर तक लटकते होते थे। जब शिशुबाला और लोचन जवान थे, तब नरसिंह के घर पर न होने का लाभ उठाकर, बाँस के जंगल में इन दोनों ने कितना आनंद किया था ! लोचन उसे दुलारता हुआ कहता—"तू मेरा बरगद का फूल* है ! आज तू मुझे अपने केश सूँघने नहीं देगी ?" मगर वे सब बातें अब बासी हो गई हैं। उनका कोई मूल्य नहीं। जैसे घिया नदी को छाँटने पर उसमें से निकली देवीमूर्ति के भीतर की घास-पात की ठठरी। लोचन ने मन ही मन कहा—'क्या थी, क्या हो गई ? कौन जानता था, वह औरत एक दिन ऐसी हो जाएगी ?'

ऊपर से बोला, "उसे पकड़ लो दुज्जोधन-बहू ! अपनी सास को सँभालो, गिर जाएगी बेचारी !"

दुर्योधन की बहू चार-चार बच्चों की माँ है, फिर भी उसकी देह पर मक्खी फिसलती है। अभी तक वह चीख-पुकार करके मोहल्ले को पुकार रही थी। एक पल में उसने घूँघट काढ़ लिया और अपने दूध-भरे विशाल स्तनों को आँचल से ढँक लिया और बड़ी आसानी से सास को दोनों बाँहों में उठाकर बोल पड़ी, "जंगल जाने के लिए निकली है।"

"कथरी क्यों ओढ़े है ?"

"ओढ़ेगी नहीं ? देह में खून नहीं, जो है वह भी साँप के खून जैसा ठंडा है। जेठ के महीने में भी कथरी ओढ़े बैठी रहती है।"

नजर ने फिर जमीन पर लाठी ठोंककर पूछा, "नरसिंह कहाँ है ?"

दुर्योधन ने कहा, "भला मैं क्या जानूँ ?"

"ई सब क्या है ?"

"हमें मारने के लिए कितने दिनों से टोना-टोटका कर रहा है, क्या आप लोग नहीं जानते ?"

एक बार सभी उपस्थित लोगों ने एक-दूसरे की तरफ देखा।

लोचन बोला, "तुझे तेरा बाप बान मारेगा ?"**

---

* बरगद का फूल नहीं होता। गुप्त और कमनीय वस्तु। —*अनुवादक*

** एक प्रकार का जादू टोना, जिसके फलस्वरूप आदमी उसी तरह मारा जाता है, जैसे वाण से।—*अनुवादक*

''हमेशा विषभरी नजर से देखते हैं। कहते हैं—सारी मस्ती जवानी की है न ? तुझे मैं खा जाऊँगा। खाकर फिर अपनी जवानी लौटा लाऊँगा।''

नरसिंह की इस आंतरिक इच्छा को वहाँ उपस्थित सभी जानते हैं, पर दुर्योधन को खा-चबा डालने की बात नहीं जानते।

नजर ने अस्फुट स्वर में कहा, ''हमेशा का ऐसा ही है वह। तीन गाँवों में तीन औरतें रखता था। दो-चार बच्चे पैदा करके एक को छोड़कर दूसरी पकड़ लाता। यह जो दुज्जोधन की बिमाता है, शिशुबाला, यह तो एक समय चन्न (चंद्र) कोटाल की औरत थी। उस समय नरसिंह नदियों में डाका डालता था। यह नहाने को पानी में उतरी थी। इसे उठा लाया। कभी तो आदमी को सुबुद्धि आती है !''

मैं कहाँ जाऊँ ? ससुराल जा सकता हूँ। सब-कुछ तो करता हूँ—घर-दुआर, खेत-खलिहान, गोरू-बछरू—सभी की देखभाल तो करता हूँ। बिमाता का छोरा चंदननगर में काम करता है। वहाँ भी जा सकता हूँ पर इन्हें कौन सँभालेगा ? इनकी हालत इस समय गोद के बच्चे जैसी है। हगाना, मुताना, गोद में बैठाकर खिलाना, कितने ही काम हैं। इनका क्या करूँ ?''

नजर ने कहा, ''नहीं, तू कहीं नहीं जाएगा ? पचास की उमर में गिरी बाबू मंतर लेकर जगन्नाथ धाम चले गए। और एक तेरा बाप है, पचास साल की उमर में जवानी के लिए पागल हो रहा है। जाएगा क्यों ? हम लोग हैं न।''

लोचन बोला, ''मगर यह टोटका...''

भुवन ने कहा, ''बेल की डाल तोड़कर ला। उसे पाँच जूते मारकर घूरे पर फेंक दे और उस पर मूत दे। जिसने यह टोटका किया है, चकरघिन्नी खाता आकर यहीं गिरेगा। नरसिंह कोटाल का...''

''क्या हुआ ? नरसिंह ने क्या किया ?'' यह नरसिंह की आवाज थी।

दुर्योधन का मुँह सफेद हो गया। उसका बाप एक मुंडहीन बकरी के बच्चे को कंधे पर डाले घर में घुसा। बोला, ''सारी रात वेश्या के घर में नशे में बेसुध पड़ा था। सवेरे उठकर नदी में नहाया। श्मशान-काली को बलि दी। उसी का महापरसाद लेकर आ रहा हूँ। इसे पकाऊँगा, खाऊँगा, पर देखता हूँ यहाँ पंचायत जुटी है। बात क्या है ?''

नजर ने रुखाई से कहा, ''झूठ तो बोल मत, नरसिंह। वहाँ कटोरे में खून और तुम्हारे कंधे पर पाठा, हम क्या घास खाते हैं ?''

नरसिंह हा-हा-हा-हा करके हँसता है।

''बेटा बार-बार बच जाता है। इसे लेकर तीन बार हो गया। तीनों बार दुज्जोधन बच गया। देखा तुम लोगों ने ? बेटा बड़ा चालाक है। इस पर एक बार भी पाँव नहीं दिए, नहीं तो देखते...''

"पाँव रख देता तो क्या होता ?"

"उसकी जवानी मेरी हो जाती।"

"तू क्या सच में पागल हो गया है नरसिंह ?"

"पागल नहीं था, पर कर दिया एक औरत ने। ओह ! क्या चाल है, हथिनी जैसी। ये ब्बड़ी-बड़ी छातियाँ और क्या पिछौटा है ! क्या केश हैं !"

"साले ! तू क्या बूनोपाड़ा गया था ?"

"क्यों बताऊँ ?"

खसी को कंधे पर से उतारकर नीचे रखते हुए नरसिंह ने आँखें सिकोड़कर एक बार गौर से दुर्योधन को देखा। फिर बोला, "जाः ! तुझे मैंने छोड़ दिया, दुज्जोधन ! निश्चिंत हो जा। चार बेटों का बाप है। तुझसे नहीं होगा।"

"क्या नहीं होगा ? क्या कह रहा है ?"

"जाओ, जाओ तो सब अपने-अपने घर ! तुम्हारी घर-गिरस्ती नहीं है क्या ?"

"तेरी नहीं है ?"

"शिशुबाला क्या अब औरत रह गई है ? औरत के बिना घर-गिरस्ती श्मशान होती है। हमारा कोई घर नहीं है। दुज्जोधन तो खेती-बाड़ी वाला किसान हो गया है। मेरा नाम है नरसिंह कोटाल। तीन-तीन इलाकों को पैरों से रौंदता घूमता रहा हूँ। क्या-क्या किया है, सब जानते हो। मैं अकेला हल लेकर मैदान में दौड़ लगा सकता हूँ। आज भी नवाबी मोहर तुड़ा सकता हूँ। यह हिम्मत तुममें से है किसी में ?"

इसी बीच दुर्योधन की औरत ने शिशुबाला को लाकर आँगन में मचिया पर बिठाया। शिशुबाला ने कहा, "मांस-भात खाऊँगी।"

गर्भावस्था में लात मार-मारकर नरसिंह ने यह हालत बनाई है शिशुबाला की। जवानी के दिनों में नरसिंह लात मारे बिना बात ही नहीं करता था श्व्राशुबाला से। आज विगत-यौवना, असहाय शिशुबाला पर उसकी ममता का पार नहीं।

बोला, "जरूर खाएगी। तू खाएगी, मैं खाऊँगा...अब तो झील में बत्तखें भी उतरेंगी..."

"बत्तख का मांस खाऊँगी.."

"खाना, खाना। पहले झील में उतरने तो दो।"

नजर ने कहा, "नरसिंह, याद रख। लड़के पर टोना-टोटका किया तो तुझे काटकर घिया में फेंक दूँगा।"

"देखा जाएगा।" नरसिंह ने दहाड़कर कहा।

फिर लड़के से बोला, "बेल के पेड़ से तिनपतिया डाल काटकर ला और घूरे पर फेंककर उस पर मूत देना।"

"मैं अपने ससुर के गाँव चला जाऊँगा।"

"जा, वहाँ तेरी माँ भी है।"

दुर्योधन फुसफुसाकर बोलता वहाँ से चला गया। "किसे गाली दे रहे हो ? अपनी कोई चरित्तर नाम की चीज है तुम्हारे पास ? इस 1775 साल में तुम्हारी उमर कम तो नहीं। तीन चाकला में जब जिससे मन किया ब्याह रचाया या जोर-जबर्दस्ती उठा लाए, फिर जी भर गया तो लात मारकर चले गए। चार-चार बच्चों की मेरी माँ को छोड़ दिया। मुझे साथ लाए कि पढ़ाओगे-लिखाओगे। फिर मेरी सौतेली माँ शिशुबाला को ले आए। हमेशा लालच में मरते रहे। अब उस पार के वेश्यापाड़ा में आसन जमाया है। माँ तो है ही। उसने कोई मरद तो किया नहीं। ससुराल जाता हूँ तो माँ से भेंट कर आता हूँ। अब मुझे मारने के लिए कामरू-कमच्छा का जादू चला रहे हो। अच्छी बुद्धि है !"

वस्तुतः दुर्योधन की औरत हरदम बोलती है, "बाप का भरोसा मत करो। चलो, कहीं और चलकर रहें।" एक तो वह बाप से डरता है, दूसरे उसे बाप से प्यार भी है, जबर्दस्त प्यार !

जगज्जननी अलग-अलग आदमी को जन्म के समय ही राग-अनुराग-स्नेह-ममता देकर उसे इस दुनिया में भेजती हैं। उन्होंने दुर्योधन को अपार ममता दी है। चार लड़कों-लड़कियों का पिता है वह। बच्चों के सारे काम करता है। शिशबाला विमाता है। उसकी ओर भी उसका अनुराग कम नहीं है। शिशुबाला ने दुर्योधन की औरत को नथ, बाला, हार—सब-कुछ दिया है। बाप की मार से बचाने के लिए खुद लात खाई है। दुर्योधन की अपनी माँ एक दार्शनिक स्वभाव की महिला है। वह गनपति नायब की छत्रछाया में रहती है। कभी-कभार दुर्योधन से भेंट होती है तो कहती है—सौतेली माँ ने अपनी माँ का काम किया है। उसे मान-आदर दो। बाप की भी बुराई किस मुँह से करूँ। उसी की जमीन जोत-बोके पेट भर रहा हूँ। माँ कहती हूँ, 'दुज्जोधन के भाई हैं, वे उसे परेम-पियार करेंगे।' ससुर का गाँव है धामासिन। महानाद और बाहिरखंड इलाके में बाप जिन सौतेली माँओं को छोड़ आया है उनके बारे में दुर्योधन को कुछ नहीं मालूम।

दुर्योधन को जमीन से बड़ा प्यार है। घिया नदी तेज आवाज करती प्रखर धाराओं में बहती है। उसकी छाती पर नावें नाचती हैं। मछुआरे बरसात में मछलियाँ मारते हैं। घिया नचाती-नचाती ले जाती है और बड़े-बड़े पोखरों और तालाबों को मछलियों से पाट देती है। इसी पुरंदरपुर मौजे में उसके बाप ने जमीन माँगी थी।

और महाराजा नंदकुमार ने कहा था, "तीन इलाकों में तेरे नाम जमीन लिखवा दी है। वहाँ रहोगे ?"

"जैसी आज्ञा। मैं न भी रहूँ तो मेरे बाल बच्चे रहेंगे।"

"अभी पुरंदरपुर में रहते हो ?"

"जी ! नई गिरस्ती है।"

उन दिनों महाराज का बड़ा प्रताप था। किसी की कुचाल बर्दाश्त नहीं करते थे, पर नरसिंह पर उनकी आश्चर्यजनक कृपा थी।

"ले, अब जा ! बहुत दुनिया देख ली तूने। अब खेती-बाड़ी कर और बस जा। एक जगह पर पचीस बीघा जमीन है, नरसिंह। तू ले ले। धान काटते-काटते पार नहीं पाएगा। ईंट पकाकर घर-दालान बना ले।"

"जी हुजूर ! पर दालान बनाने पर डाकुओं का डर बढ़ जाता है।"

"तेरी बात सुनकर हँसी आ रही है, नरसिंह ! हुँह ! डाकू का भय !"

"सरकार ! अब मैं सुधर गया हूँ।"

हाँ ! एक समय मजदूर लगाकर खेती की थी नरसिंह ने, राजा जनक की तरह। बीच में आँगन छोड़कर चारों ओर कमरे बनवाए थे। गोहाल में गाय-गोरू, पोखरे में मछलियाँ, केले के बाग—क्या नहीं किया था नरसिंह ने। नरसिंह की देह विशाल और चौकोर थी। हड्डियाँ चौड़ी और अपार बल था उसके बाजुओं में। उसकी जीवनी शक्ति अस्वाभाविक थी। घिया नदी में नाव लूटकर, माझी को जान से मारने के बाद वह बड़े आराम से घर आकर बत्तख का मांस, झींगा मछली और करेले की भुजिया के साथ भरपेट भात खाकर सुखनिद्रा ले सकता था। उसे अपने किए का पछतावा नहीं होता। कहता है, "मेरे भाग्य में उन्हें मारना लिखा था। उनके भाग्य में मेरे हाथों मरना लिखा था। फिर मैं पापी कैसे हुआ ?"

मकान बना रहा है, धान रखने को डेहरियाँ बना रहा है, पोखरा खुदवा रहा है, अच्छा दिन देखकर आम-कटहल के पेड़ रोप रहा है—नरसिंह सब-कुछ कर रहा है एक साथ। ग्रामवासी उसे पाकर धन्य हैं। ऐसे शूर-वीर आदमी के होते गाँव की शोभा बढ़ती है। उन दिनों नरसिंह घुँघराले बालों वाले सिर पर एक गमछा बाँधे, दूसरा कंधे पर रखे, हाथ में लाठी लेकर हनहनाता फिरता था। पाँच लोग इकट्ठा होते तो सबसे पहले नरसिंह के सामने पान-सोपारी पेश होती। वह अकेले विचार करता था। यानी वह जो कहता वही सब लोग मान लेते। पुरंदरपुर में नजर कोटाल, भुवन दास, लोचन भुँइमाली जैसे दबंग लोग रहते हैं। नजर के कहने-सुनने पर ही नरसिंह इस गाँव में बसने आया था।

नजर ने कहा था, "तू जो कहता है महाराज मान लेते हैं। जब वे हुगली के फौजदार थे तब सागर-समान झील कटवाई थी उन्होंने। पितिष्ठा (प्राण प्रतिष्ठा) की थी। सुरूप (स्वरूप) दामोदर की पूजा की थी। फिर कासिम मछली छोड़ी थी झील में। बिंदाबन (वृंदावन) की मछली थी। देवांशी मछली। बीच-बीच में पानी में सिर उठाकर देखती चारों ओर कि लोग धरम के रास्ते पर हैं या नहीं। तो महाराज को बोलकर, चला आ यहाँ।"

अब वही साथी नरसिंह का दबदबा देखकर ईर्ष्या करते हैं।

तो जिन दिनों कीचड़-माटी में सिर धँसाए नरसिंह खेती-बाड़ी कर रहा था,

कभी-कभी चीखकर कहता, "हेस्साला दुज्जोधन ! कब बड़ा होगा तू ? जुआ कंधे पर कब उठाएगा ? धान के बाद उड़द, तिल, सरसों, एक के बाद एक। मुझे इस जंजाल में फँसा दिया रे।"

नजर कहता, "तुम गाँव के सिरमौर हो। अब थिर होके कुछ दिन बैठो।"

"ठीक है। अब मैं इधर-उधर बौड़ाया नहीं घूमूँगा। अब मैं घर-गिरस्ती वाला हो गया हूँ।" नरसिंह मन मारकर कहता।

घर-गिरस्ती वाला !

दुर्योधन टोटके को घूरे पर फेंककर, उस पर मूतकर पोखरे में नहाकर काँपते हुए घर लौटा।

उसका बाप खसी की खाल छुड़ाकर उसकी बोटियाँ काट रहा था और विमाता के साथ हँसी-ठट्टा कर रहा था। विमाता भी खूब खुश। खिलखिलाकर हँस रही थी।

"माँस खाऊँगी, बोटी खाऊँगी, रसा पीऊँगी..."

"हाँ, खाएगी नहीं तो क्या ! जरूर खाएगी।"

मांस को धोकर ले आया नरसिंह और खाल को झाड़ी में उछाल दिया। खाने दो सियारों को। आँगन में पानी छींटकर नरसिंह बोला, "दुज्जोधन ? मांस पकाने को बोल। मैं अब सोऊँगा। कहना झोल जरा गाढ़ा पकाए। तेरी सौतेली माँ की देह में जरा भी खून नहीं है।"

नरसिंह बाँस की सीढ़ियाँ चढ़कर मचान-घर में जा घुसा। उसका कमरा मिट्टी के घर के दोतल्ले पर था। पता नहीं किस राढ़देश में देख आया था, वैसा ही कमरा बनवाया। फर्श पर चौकोर रेखाएँ खिंची हुई थीं। दोतल्ले के कमरे में लेटा नरसिंह नीचे के कमरों पर नजर रख सकता था। उस कमरे में पीतल-काँसे के बर्तन, ढाल, तलवार, बल्लम, टाँगी, दाव जैसी अनेक चीजें रखी थीं। खिड़की में से फुर-फुर हवा आती थी। नरसिंह बड़े आराम से पसरकर सो जाता है। अब उसे कोई जगाएगा नहीं। नींद नहीं तोड़ेगा कोई। शाम को जब सूरज ढलेगा, नरसिंह उतरकर रायदीघी में नहाने चला जाएगा। इस पार से उस पार, उस पार से इस पार तैर-तैरकर अच्छी तरह नहाएगा। फिर घर आकर भात खाएगा और निकल जाएगा।

दुर्योधन की बहू कहती, "जाड़ा लगता ही नहीं जैसे। क्वार के सीत में भी।"

दुर्योधन सिर हिलाकर सहमति जताता है, कहता है, "नहीं, बाप को सीत नहीं लगती, गरमी नहीं लगती, डर-भय नहीं लगता। बाप संसार के और आदमियों के माप के बाहर है। पता नहीं माँ दुर्गा ने किस साँचे में बाप को गढ़ा है ?"

बाप का दरवाजा बंद होने के बाद पूरा घर जैसे आश्वस्ति की साँस लेता। रोज की तरह दिन का काम शुरू करता।

दो

घिया नदी के पास ही है पुरंदरपुर। घिया के इस पार पुरंदरपुर है और उस पार बहुत विस्तृत जंगल है। पिछले तीन सौ वर्षों में घिया ने तीन-चार बार अपना रास्ता बदला है। वह एक जंगली, दुर्दम्य स्त्री की तरह है, जो अपने यौवन के उद्दाम वेग से अस्थिर कभी इधर जाती है तो कभी उधर। अब वह स्थिर हो गई है और एक निश्चित दिशा में बहती है। नदी धीरे-धीरे भर उठी है। उस सरस भूमि पर बाँस, सेमल, इमली, चटका, पीपल, बरगद, आमड़ा, चटका आदि वृक्षों का एक घनघोर जंगल है, जिसमें दिन में भी कुछ नहीं दिखता। वृक्षों के नीचे गुल्मों और लताओं का झाड़-झंखाड़ उगा है। जंगल के भीतर कहीं पर राजा पुरंदर द्वारा स्थापित नगरी थी, जो आजकल पूरी तरह विलुप्त हो गई है। वन के प्रवेशद्वार पर स्थित पुरंदर के देवालय से शिवलिंग उठाकर चटराज लोगों ने मकराने में बने नए मंदिर में स्थापित किया है। इस जंगल में पहले कोई घुसता न था। विगत सात वर्षों से यह 'भवानी का जंगल' नाम से प्रसिद्ध है।

यह भवानी कोई पत्थर की देवी नहीं, साक्षात् मानवी हैं। यह नमःशूद्र जाति के हंसराज की विधवा है। हालाँकि भवानी खूब हट्टी-कट्टी, कद्दावर औरत है, मगर उसका दुर्भाग्य यह था कि उसके शरीर की प्यास बड़ी तीव्र थी। हंसराज उसकी पिपासा तृप्त नहीं कर सका। क्यों ? यह बड़ी दुखद कथा है। हंसराज जब गर्भ में था तभी से वह क्षीण था। सात महीने के शिशु हंसराज का जन्म अकाल के दिनों में हुआ था। माँ हंसराज को जन्म देकर चली गई तो बुआ ने उसे पाला। पिता ने दूसरा ब्याह कर लिया। हंसराज जब विवाह के योग्य हुआ तो उसकी बुआ ने गाँव के एकमात्र ब्राह्मण विशालाक्ष चंदार को जा पकड़ा। बोली, "जन्म देकर इसकी माँ मर गई। मैंने अपनी लड़की के साथ इसे भी अपनी छाती का दूध पिलाकर पाला। अपनी जमीन-जादात इसे ही दूँगी। इसका बाप तो नई औरत के 'हाँ' कहने के पहले कोई काम करता नहीं। बिना माँ का छोकरा है। इसके लिए ऐसी कनिया (कन्या) ठीक करो, जिसके बलबूते हमारा हंस सुख से रहे, सात बेटों का बाप बने।"

विशालाक्ष पंडित ने बुआ के पीछे खड़े हंसराज को देखा। उसके सिर पर एक खचिया थी, जिसमें केले, नारियल, कुम्हड़ा आदि कई तरह की सब्जियाँ और फल थे, जो संभवतः पंडित के लिए सौगात के रूप में लाए गए थे। हंसराज का चेहरा पतला और शरीर स्त्रियों जैसा कोमल था। चेहरे पर स्त्रियोचित संकोच और खुशी चमक रहे थे।

चंदार पंडित ने कहा, "देखूँगा बेटी, जरूर देखूँगा।"

"इसके लिए अच्छी कनिया देख देंगे तो जोड़ा रोहू मछली दूँगी।"

"अच्छा ! देखूँगा।"

भवानी उस समय तेरह साल की मांसल किशोरी थी। उसकी देह ऐसे बढ़ रही थी, जैसे वर्षा के समय घिया नदी। झील के किनारे घास काटने जाती और जानवर चराती। लौटती तो सिर पर घास का बड़ा गट्ठर होता और हाथों में जानवरों की रस्सियाँ। आँगन में धान पीटती, ढेर के ढेर। जानवरों के नाँद धोती, घास की कुट्टी काटकर उन्हें खिलाती।

चंदार पंडित ने हंसराज के लिए इसी भवानी को चुना। भवानी पर पंडित को बड़ा रोष था। मौका देखकर इशारा करने पर भी वह पंडित के पास नहीं आती थी। कहती, "लाज नहीं आती ? नाती-नातिन वाले हो। अभी भी बूढ़ी हड्डियों का रस नहीं मरा ?"

ठीक है, मैं बूढ़ा हूँ न ? तो तुझे उस झिनहड्डी हंसराज के गले न मढ़ा तो असल बाभन (ब्राह्मण) का पूत नहीं। चंदार पंडित ने मन ही मन कहा।

पंडित ने भवानी का जोड़ा बिठाया हंसराज के साथ।

सुनकर बुआ हाहाकार कर उठी, "यह क्या किया, पंडित ? सिपाही की घोड़ी जैसी उस लड़की के साथ जोड़ा बैठा दिया ? हमारे हंस में वह दम कहाँ कि उस घोड़ी की पीठ पर सवार हो सके ?"

पंडित ने हँसकर कहा, "अरे यह लड़की तो साक्षात् लक्ष्मी है। सभी तरह से सुलक्षणा है। मैंने गिन-गोंथकर देख लिया। हंस पर शनि का कोप है। लड़की का बृहस्पति तेजस्वी है। लड़की के कारण लड़के का ग्रह कट जाएगा। सोचो मत, ब्याह की तैयारी करो।"

इस प्रकार हंस का विवाह हुआ भवानी के साथ।

सुनकर नरसिंह बोला, "चंदार के हाथों किसी का भला होते नहीं देखा। ईशान की लड़कियाँ तो कढ़ाई (कड़ाही) में खौलते दूध जैसी हैं। हंस बेचारा ठंडा जल। ऐसी बहू को सँभाल पाएगा ?"

सच, नहीं सँभाल पाया हंस। बुआ मर गई, हंस के पुत्र का मुँह देखे बिना ही। धीरे-धीरे आठ साल बीत गए। भवानी का गला और हाथ गंडा-ताबीज से भर गए। आखिर में दोनों में खूब झगड़ा होने लगा। हंस चीखकर कहता, "तू बाँझ है, बाँझ।" भवानी पलटकर जवाब देती, "तू हिजड़ा है, हिजड़ा। वैसा ही जैसे मनसाबागान में कमर लचकाकर नाचते हैं। तू भी जा नाच और बेहुला* बन।" हंस चीखता, "तू डाइन है। मुझे दिन पर दिन चूसकर कंकाल बना रही है। और खुद दिन पर दिन घड़ियालिन की तरह फैलती जा रही है।"

उन दोनों के झगड़ों का कोई फैसला हो पाता, इसके पहले ही हंसराज चल

---

* बंगाल के गाँवों में पूजी जाने वाली एक देवी।

बसा। हंस के सौतेले भाइयों ने मंच पर प्रवेश किया। वे क्या जमीन-जायदाद, हल-बैल किसी डायन को खाने देते।

भवानी आक्रोश में भुन रही थी।

उसने कहा, "एक भतार नहीं रहा तो दूसरा करूँगी। तुम मुँहझौंसों को क्यों दूँगी ? धान की रोपाई मैं करती थी, काटती भी मैं थी। वह करता ही क्या था ? मौगियों की तरह कमर डुलाता बटतला जाता था गप मारने।"

भवानी के बाप ने कहा, "हमारी बेटी का सांगा* ब्याह तो हो ही सकता है। बस, एक साल बीतने दो।"

हाँ हो सकता है। क्यों नहीं हो सकता भवानी का सांगा ब्याह ? हंस की बुआ गई थी बड़े ब्राह्मण के पास। वर्ना नमोपाड़ा, डोमपाड़ा, बूनोपाड़ा, बागदीपाड़ा के लोगों में से शादी-ब्याह के मामले में कब, कौन गया था किसी ब्राह्मण के पास ? मनसातला है, शनि और मंगल को सन्का जालनी पर देवता का आसन सजता है। सन्का ही बता देती। पुरंदरपुर में ब्राह्मण के नाम पर एक चंदार परिवार है, न कायस्थपाड़ा है, न वैद्यपाड़ा—कुछ भी नहीं है। जमींदारों के प्यारों-लठैतों ने सारी जमीन पर लाठी-बल्लम के जोर पर, मालिक की ओर से, कब्जा करके अपने घर बनाए हैं। बूनो लोग तो राजमहल की ओर से आए थे, जंगल को काटकर साफ करने के लिए।

ऐसा ही जनपद था वह, जहाँ के लोग दुर्दांत और दुर्धर्ष थे। ब्राह्मणों के नजदीक न जाते थे। चंदार परिवार को मकराने के चटराजों ने बसाया था। तभी से वे यहाँ बैठे हुए हैं।

भवानी के बाप ने लड़की से कहा, "पाड़ा के बीच में घर है तेरा। किसी बात का डर नहीं है। एक साल बीतने दे, तेरा सांगा ब्याह होगा।"

हाँ, इसका सांगा ब्याह हो जाता। उसी हलधर के साथ हो जाता। सन्का पर देवी सवार हुई थी तो उसने यही कहा था। हलधर साँड़ जैसा जवान था। खाली नाव को अकेले टाँग कर बालू में उलटा देता था। उसे हुगली, चूँचड़ा, कटवा—ये सब नाम बेहद खींचते थे अपनी ओर। सन्का ने कहा था, "देख हलधर, डकैती -चोरी करने से ही तू नरसिंह नहीं हो जाएगा। वह अपने ढंग का अकेला आदमी है। अभी समय है। उखड़ा से बहू-बेटा ले आ। संसारी होकर रह।"

"धुत् ! ऐसी बहु के साथ घर कौन करे ? बाप उसका कचहरी का प्यादा है। पैसे की गरमी है उसे। बहू बाप की गरमी मुझ पर झाड़ती है। मेरी इज्जत नहीं करती।"

"तो तू भवानी के साथ सांगा कर ले।"

---

* निम्न जातियों में प्रचलित एक प्रथा, जिसके अनुसार बिना धार्मिक अनुष्ठान के विधवा स्त्री किसी पुरुष की संगिनी बनकर रहती थी।—*अनुवादक*

हलधर के जीवन का अन्यतम प्रेरणा-स्रोत नरसिंह उन दिनों चैपाल के बड़े घाट पर मछली की नाव पकड़ता और पैसा वसूलता था। उसने हलधर से कहा, "सांगा करना है तो जा कर ले। मैंने तो कितने ही ब्याह किए, क्या करूँ, बोल ? औरत की जवानी पल-भर में खतम हो जाती है। मेरा मन उचट जाता है, पर भवानी रिस्ट-पुस्ट औरत है, सुखी रहेगा।"

"उसके पास दो बीघा जमीन और गाय-बैल हैं।"

"हाँ, जा थिर होकर घर बसा।"

"तुम आओगे न ?"

"आऊँगा। कोई नाव मार पाया तो तेरी औरत को सोने की पेटी दूँगा।"

"हंस बेटा के सौतेले भाई लोग..."

"मैं आकर उन्हें सीधा कर दूँगा। तू जा न ! तूने मुझे गुरु कहा है, तेरा मान रखूँगा। वहाँ ऐसा कौन है, जो नरसिंह से नहीं डरता ?"

सोने की पेटी खरीदने की बात तो दूर, नरसिंह को हला के सांगा की ही सुध न रही। मगर जब वह मनसातला में घुसा, तब वहाँ भारी शोरगुल मचा हुआ था। बड़ा गोलमाल था। भवानी के गोरू चोरी हो गए थे। कुछ दिन पहले तेमोहानी में गाय-हाट लगी थी। झगड़ा इस बात पर हो रहा था कि गोरू कार्तिक ने बेचे हैं, हंसराज के सौतेले भाई ने। इसी बात पर झोंटा-झोटव्वल हो रहा था। कल शाम को ही भवानी अपनी दसों उँगलियाँ चटकाकर शाप देकर आई थी और आज सवेरे ही देखा गया, सौतेला भाई कार्तिक साँप के जहर से बिस्तर पर काठ हुआ पड़ा था।

"अरे ! मनसातला में इतना शोर क्यों ?"

"भवानी का विचार होगा।"

"किस बात का ?"

"साँप के काटे से मरा या भवानी ने बान मारा है ? कात्तिक आज मरा। उसका हलवाहा साधन उस दिन कुएँ में गिरकर मरा। इन्हीं दोनों ने भवानी के गोरू बेचे थे।"

नरसिंह बढ़िया देशी शराब छककर आया था। सिर को झटका देकर पूछा, "क्या करेगा भवानी का ?"

"गाँव से भगा देंगे।"

"ठीक है ! ऐसा ही होगा।"

मनसातला में सेमल के पेड़ से बाँधी गई भवानी थर-थर काँप रही थी। नरसिंह के शराब से मस्त सिर में कोई विभ्रम आ गया या फिर दैवी प्रेरणा। उसने नगाड़े पर चोब मारा।

बोला, "किसका विचार है ?"

सन्का ने कहा, "माँ मनसातला का।"

"क्या विचार है ?"

"गाँव से निकालेंगे।"

कार्तिक के भाई ने कहा, "मार डालेंगे।"

"खबरदार गजानन !"

नरसिंह की गर्जना सुनकर बाधिन का भी गर्भ गिर जाता है। श्मशान का उल्लू उड़कर आसमान में चला जाता है। गजानन चौंक उठा।

नरसिंह ने कहा, "उसे मैं ले जा रहा हूँ।"

"कहाँ ?"

"तुम सालों के गाँव से। गाँव की बेटी को बाँधके मारते हो ? हे हला ! ले अपनी भवानी को ! सांगा कर इसके साथ। तेरा घर मैं बसा दूँगा।"

हला भाग खड़ा हुआ। भवानी के बंधन खोलते हुए नरसिंह के दिमाग में माँ मनसा ने शायद अपना दैवी प्रभाव डाला हो। वर्ना नरसिंह के मुँह से ऐसी बात!

"चलो बेटी ! ये अपने पाप-दोख से खुद भसम हो जाएँगे। तुममें मनसा का अंश है। चलो, मैं तुम्हारी परतिष्ठा करूँगा।"

उस क्षण नरसिंह को अपने मुँह से निकली बातों पर पूरा विश्वास था। वह कोई और ही नरसिंह हो गया था। भवानी डर से मरी जा रही थी। जिन दो लोगों को उसने शाप दिया था, वे दोनों ही मर गए थे ? मौतें स्वाभाविक न थीं। क्या सचमुच उसमें कोई दैवी शक्ति आ गई है ?

नरसिंह ने जब उसे दोनों बाँहों में उठाया तब एक पल को उसे लगा, क्या भरपूर यौवन है ! आहा ! ऐसी औरत नहीं देखी, पर उसी क्षण मन ने कहा—तूने इसे बेटी कहा है। माँ कहा है। माँ कहा, मनसा का अंश कहा, कैसे यह सब कहा मैंने ? किसने मेरे मुँह में ये बातें डालीं। यह क्या सच में कोई दैवी-लीला हो गई !

और जब डर से भवानी का मन अवश हो रहा था, तब नरसिंह की बाँहों में बँधी देह कह रही थी—इसे ही पुरुष कहते हैं ! बाँहें नहीं, जैसे लोहे की जंजीरें हों ! आह ! कितनी सांत्वना है, कितनी आश्वस्ति है इन बाँहों में !

ग्रामवासी पीछे-पीछे भागे।

नजर ने पुकारा, "क्या करते हो नरसिंह ? इसका सिर मूड़कर भगा दो।"

साँको पार करते ही नरसिंह रुक गया। पलटकर दाँत पीसता बोला, "खबरदार ! और एक कदम भी आगे बढ़ाया तो फाड़कर रख दूँगा। यह जगह तुम लोगों के सिवान के बाहर है। आज से ये यहीं रहेंगी।"

"किसकी बात कर रहे हो ?"

"इन्हीं की बात कर रहा हूँ, जिनके साथ धोखा करके कात्तिक और उसका

हलवाहा मारे गए।''

ग्रामवासी थम गए और एक-दूसरे का मुँह ताकने लगे। तो क्या भवानी मानवी नहीं है ? देवी है ?

''ये तुम्हारी पापपुरी में नहीं रहेंगी। यहाँ इनकी परतिष्ठा किए दे रहा हूँ। खेती करोगे ? करके देख लेना।''

इस तरह हला का ब्याह, जो करीब-करीब पक्का था, कच्चा हो गया। हला फिर गायब हो गया। जाने के पहले कह गया, ''अब यहाँ कभी नहीं आऊँगा। दूर कलकत्ता चला जाऊँगा। वहाँ से दूसरी जात की औरत ले आऊँगा। जात चली जाए, कोई पर्वा नहीं।''

इस तरह भवानी 'न-मानवी, न-देवी' बनकर प्रतिष्ठा पा गई। और नरसिंह के सिर पर इस काम का ऐसा घोर नशा सवार हुआ, अपने दायित्व का ऐसा घोरतर नशा सवार हुआ कि वह पार-घाट से लेकर मकरान, बाउल गोकुलपुर, जराटी, ओलाई चंडी, बीबीतला तक घोषणा करता फिरा कि भवानी दैवी कृपा से देवी बन गई है। उनके दर्शन से पुण्य होगा और मानता मानने से कार्यसिद्धि।

भवानी कहती, ''यह कैसे हुआ ? ऐसे घोर जंगल में, बियाबान में कैसे रहूँगी मैं ?''

नरसिंह कहता, ''सब हो जाएगा। यह बियाबान एक दिन आलीशान बन जाएगा।''

''नहीं, यह झूठ है।''

''झूठ ? मेरे जैसा आदमी फिर ऐसा कैसे हो गया। माँ की गोद से छीनकर बच्चे को नदी में फेंक देने वाले, माँ को जान से मारकर उसका हार हड़प करने वाले मुझे जैसे आदमी में यह सद्‌बुद्धि जागी कैसे ? गोद में एक युवती को उठाया मैंने, मन ने कहा—माँ। ऐसा पहले तो कभी नहीं हुआ।''

''किंतु...''

''यहाँ आकर सब तेरे पाँवों पर लोटेंगे।''

''मुझे लेकर यहाँ से चलो, कोटाल। हम दोनों औरत-मरद...''

नरसिंह दुख के साथ नहीं में सिर हिलाता है और हाऊ-हाऊ करके रोता है। सारा जीवन उसने तो यही चाहा था। ज्वार की तरह उफनती एक स्त्री। उसके गर्भ से पैदा करेगा वह पीपल-बरगद जैसे मजबूत और सजीले बेटे। वे नरसिंह का नाम बढ़ाएँगे। मगर अब तो वह सब नहीं हो सकता।

नरसिंह ने कहा, ''माँ की इच्छा क्या है, उसी पर ध्यान दो।''

इस तरह भवानी ग्राम-समाज के विधि-निषेधों के बाहर हो गई। नरसिंह ने आदमी लाकर आस-पास का जंगल कटवाया और परित्यक्त शिवमंदिर का जीर्णोद्धार कराया माजूराट से योग्य मिस्तरी लाकर। भवानी के स्थान तक एक

पगडंडी बन गई। भवानी को केंद्र में रखकर सब-कुछ हो रहा था, पर भवानी जैसे बाहर खड़ी होकर यह सब निर्लिप्त भाव से देख रही थी। लाल साड़ी पहनकर जमीन में त्रिशूल गाड़े जो औरत बैठी थी वह भी भवानी थी। सांगा नहीं, नया ब्याह नहीं, फिर भी वह चिर-सधवा थी। उसके रूखे बालों में ढेर-सारा सिंदूर पुता होता। उसके कमरे में कितने ही रोगों का उपचार होता। श्मशान के डोम कितनी ही टोने-टोटके वाली चीजें वहाँ रख जाते। मरे हुए बच्चे के बाएँ पाँव के नाखून, शिशु के सिर के बाल, बाघ के नाखून, धनेश चिड़िया के ठोड़, उल्लू के पंख—क्या नहीं है उसके कमरे में ? नमःशूद्र के घर में ब्राह्मण-कायस्थ को पाँव रखना भी गवारा नहीं। अब सभी वहाँ आते हैं। चंदार पंडित भी आता है। रात में गाँव से पाँच जन आकर पहरा देते हैं। लोग दर्शन और प्रणाम कर जाते हैं। हला ने मानुषी भवानी से सांगा करना चाहा था। वही हला नई बहू के साथ आया और साष्टांग प्रणाम कर गया। नई बहू और उसका वर गाँव में प्रवेश करने के पहले यहाँ आते हैं। भवानी की चरणधूलि एक बर्तन में रखी होती है। सभी सिर पर चढ़ाते हैं। भवानी तीखी नजरों से देखती रहती है। जब वह मानवी थी तो उसकी नजर में ऐसा तेज न था। अब उसकी आँखें लाल रहती हैं और दृष्टि प्रखर।

कई बार वह सोचती—सब-कुछ छोड़-छाड़कर भाग जाऊँगी ? यह इलाका ही छोड़ दूँगी। तैरकर किसी नाव पर चढ़ जाऊँगी। पर जाएगी कहाँ ? नदी तक पैदल जाती तो भी पीछे-पीछे लोग दौड़ पड़ते। अषाढ़ू डोम अपने-आप उसका द्वारपाल बन गया है। डोमपाड़ा छोड़कर अब वह सपरिवार वहीं रहता है। माँ के द्वार पर चावल, मछली, छाल तरकारी—क्या नहीं चढ़ता। अकेली माँ कितना खा लेगी ? तो फिर अषाढ़ू और उसका परिवार रहे, खाए-पिए।

मकराने का भरत चटराज कह गया है—"माँ तुम्हारे नाम पर नगर बसेगा।"

जंगल को लेकर जो डर समाया हुआ था लोगों के मन में वह भी दूर हो गया है। डोम लोग बाँस काटकर ले जाते हैं। बूनो लोग एक-दूसरे का हाथ थामे आते हैं और जंगल में से आँवला, आमड़ा, ओल, जो भी पाते हैं, ले जाते हैं। वे भवानी के नजदीक नहीं आते, कहते—"डर लगता है ! बाप रे ! कैसे आँखें फाड़कर देखती हैं, जैसे निगल लेंगी।"

भवानी का मन करता, सचमुच सब-कुछ निगल ले। आह ! देह की आग तो बुझी ही नहीं। अभी भी देह की पेशियाँ सख्त हैं, खून में बड़ी भयानक प्यास है। नरसिंह, नरसिंह कोटाल ने उसे यह सजा दी है। नरसिंह ! मेरी आँखों की भाषा तुम समझते क्यों नहीं ?

'माँ ! माँ ! ओ माँ!' कहकर नरसिंह रोज उसके चरणों में लोटता है। रोज कहता है, "कोई प्यास नहीं बुझी, माँ ! तुम सरबगिआनी (सर्वज्ञानी) हो। मुझे फिर से जवान कर दो, माँ ! तुम क्या नहीं कर सकतीं ? सब कर सकती हो।"

"जवानी लेकर क्या करेगा ?"

"फिर गिरस्ती बसाऊँगा। हवा के बेग से उड़ूँगा। चारों दिशाओं में हुंकार भरता घूमूँगा।"

भवानी यांत्रिक स्वर में बोलती जाती है।

"यह क्या सहज ही हो जाएगा ?"

"सहज न हो, तो कठिनाई से ही हो, पर हो।"

"देखो, वैसा ही जवान आदमी लाने पर..."

"बाँधकर ले आऊँगा।"

"नहीं नरसिंह ! भले मन से, उसकी रजामंदी से लाना।"

नरसिंह का दिल धड़कता है—धुक ! धुक !

"उसके बाद ?"

"मंतर से सब हो जाता है, नरसिंह। उसकी जवानी तुम्हारी हो जाएगी। उसकी बल-शक्ति तुम्हारी होगी।"

"मैं फिर देखने में सुंदर लगूँगा ?"

"जरूर।"

नरसिंह खुशी से नाचता चला गया। भवानी गुस्से से भीतर ही भीतर सुलगती रही। यह गुस्सा पिछले सात सालों से धीरे-धीरे जमा हो रहा था। इतनी बातें करता है मुंडीकाटा। भवानी को देखकर भी नहीं देखता। क्यों ? नरसिंह तू कब ये कपड़े उतरवाकर मुझे दूसरे कपड़े पहनाएगा और मेरा हाथ पकड़कर मुझे लेकर कहीं भाग जाएगा ? किसे देखकर बावला हो रहा है, मुंडीकाटे, मुझौंसे, कलमुँहे ? यह तिरसूल (त्रिशूल), रुद्राक्ष, प्रदीप का संसार चूरमार करके मुझे मनुष्यों के संसार में कब ले जाएगा ? नहीं ले गया तो मैं भी तुझे छोड़ूँगी नहीं, लोगों से कहकर तुझे मरवा डालूँगी।

वस्तुतः अब भवानी को हला की या फिर किसी और पुरुष की याद नहीं आती। नरसिंह ! तूने मुझे 'माँ' क्यों कहा ?

अषाढू खूब बड़ी धूनी जलाता है। जीव-जंतु गहन वन में चले गए हैं, फिर भी आग जलाए रखता है। सारी रात लकड़ी की आग जलती रहती है। जैसे भवानी जलती है।

और नंदकुमार द्वारा स्थापित झील रायदीघी में महा आनंदित होकर तैर रहा है। बीच-बीच में झील के देवता को प्रणाम करता है, कहता है, "तुम तो सतयुग के देवता हो। तुमने तो किशन और राधा को देखा होगा। महाराज पालकी पर बिठाकर विंदावन से तुम्हें यहाँ ले आए। तुम्हारे ही डर से गाँव में पाप नहीं घुसता।"

उधर भवानी धू-धू करके जलती है। सोचती है, 'नरसिंह से बड़ा पापी कौन

है ? डकैती, रहजनी, क्या नहीं किया इसने ? नाव तो नाव, सरकारी खजाना तक लूटा है इसने। महाराज को इसमें क्या दिखा ? नहीं तो चाकला वाली जमीन इसे क्यों देते ? चारों ओर घर बसाता है, फिर छोड़कर चला जाता है। और सबसे बड़ा पाप इसने किया है मुझे देवी बनाकर। आदमी के जीवन को लेकर ऐसा तमाशा ! मगर उस दिन गाँव वाले क्या करते ? मेरा सिर मूड़कर भगा देते ? तो क्या ? मैं किसी और इलाके में चली जाती। सिर पर बाल अपने आप उग आते। भिन्न इलाके में भिन्न परिचय होता मेरा। किसी आदमी की घरनी बनती। लड़के-बच्चे होते, दोनों परानी खटते और बच्चों को पालते। सभी औरतों का ब्याह होता है, गिरस्ती होती है, फिर भवानी की किसमत ही इतनी खोटी क्यों है ? जिसके साथ ब्याह हुआ वह एक औरत से भी गया-बीता था। सोचा, सांगा करूँगी तो उसमें भी इतनी बाधा ! कैसी अजीब घटनाएँ घटीं। जो कुछ बिधवा ने ललाट में लिखा है वही होगा। क्यों नरसिंह ने उसकी परतिष्ठा की ? वह तो पूजा, चावल, कपड़े, मछली, फल, दूध नहीं माँगती थी ! इतनी सजा दी है जब, तब मुझे कुछ सुख भी दे। मुझे ले चल कहीं। मेरे सामने किसी दूसरी औरत को लेकर तू गिरस्ती बसाए, यह मैं कब्भी नहीं होने दूँगी। दोनों को काटकर नदी में छलांग लगा लूँगी।'

बड़ा दबदबा, बड़ा रोब था नरसिंह का। महाराज नंदकुमार बिना किसी दोष के फाँसी पर चढ़ाए गए। एक तुम हो कि कंपनी से भी नहीं डरते। तुमने भवानी के ऊपर महापाप किया है। तुम्हारे मन में क्या जरा भी पछतावा नहीं उठता ?

नरसिंह ! भवानी तुम्हें तभी छिमा करेगी, जब तू उसे औरत की मरजादा देगा। नहीं तो तेरी माफी नहीं।

उधर लकड़ियाँ जलतीं धूनी में, इधर भवानी की छाती में उसका कलेजा जलता। और नरसिंह किसी जलचर की तरह झील में उथाल-पताल खाता रहता। उसकी देह, ताकत, प्रवृत्ति, भूख—सब-कुछ जंगली जानवरों जैसी है। उसमें अफसोस, दुःख, पापबोध जैसी कोई मानवीय प्रवृत्ति नहीं है। बलशाली को वह बर्दाश्त नहीं कर पाता, जैसे दुर्योधन को। दुर्बल को अतिशय प्यार दे सकता है, जैसे शिशुबाला को। जिन्हें छोड़ आया है, उनके प्रति भी उसे कोई ममता नहीं। जो जमीन-जायदाद छोड़ आया है, उस पर कोई दावा नहीं। मन की चाहत अगर पूरी हो जाए, तो क्या उसे थोड़ी-सी जमीन और एक छोटा सा घर नहीं मिलेगा। एक और घर, एक और बस्ती ?

वह चला जाएगा यहाँ से। अब भवानी की जो इच्छा !

तीन

नरसिंह में नया यौवन पाने की इच्छा जागी है, सागरी को देखकर। सागरी डोमिन है। जराटी गाँव के डोमपाड़ा की लड़की है। बड़ा आश्चर्यजनक था उसका दर्शन। भद्दरा मनसा की पूजा थी उस दिन। उस दिन सिजमनसा की डाल रोपकर घर की पूजा होती है। घर में पाँच तरह के पकवान बनते हैं। उसी दिन रसोई-पूजा भी होती है और दूसरे दिन चूल्हे को ठंडा रखा जाता है। फिर हर मोहल्ले से मनसा-ध्वजा उठाए, गाते हुए ग्रामवासी मनसातला आते हैं। सारी रात नाचना-गाना चलता है। हंसधर बेहुला का रूप धरके नाचता था। पुरंदरपुर में भाँजो, मनसा, घेंटू, ओलाई चंडी की पूजा बड़ी सज-धज के साथ की जाती है। जहाँ ब्राह्मण-कायस्थ ज्यादा हैं, वहाँ जगद्धात्री पूजा की रौनक रहती है। अनेक गाँवों से लोग मकराने के चटराज के घर पर जगद्धात्री पूजा देखने जाते हैं और जितनी मर्जी खा-पी आते हैं। हेम चटराज फ्रांसीसी कंपनी में कचहरी का पेशकार है। इस कारण उसके पास पैसों की इफरात है। पैसा हो तो उसको दिखाना भी चाहिए। हेम चटराज एक विशाल और खूब ऊँचे मंडप में जगद्धात्री पूजा का आयोजन करके अपनी हैसियत दिखाता है।

मनसा-पूजा का दिन था। भद्दरा मनसा की पूजा का। आसमान में काले बादल घिरे थे। घिया नदी की तीव्र धारा काली दिख रही थी। दोपहर का समय था। सूरज बादलों से ढँका हुआ था। नरसिंह नदीघाट पर उतरकर पैदल ही घर जा रहा था कि अचानक खड़ा हो गया।

नदी में से जैसे कोई आदिम जलदेवी उभर रही थी। लंबी, काली देह जैसे काले पत्थर को तराहकर बनाई गई हो। मुर्शिदाबाद के बड़नगर में रानी भवानी द्वारा स्थापित मंदिर में उसने देखी थी, जली ईंटों से बनी एक मूर्ति। उसी जैसी थी वह सुंदरी। नदी किनारे खड़े होकर उसने अपनी चोटी ऐंठकर पानी चुआया, फिर बिना पीठ फेरे उसने रानी की तरह हुक्म दिया, "कौन है ? हटो यहाँ से। मैं कपड़े बदलूँगी।"

एक छलांग में नरसिंह उसके सामने जा खड़ा हुआ।

"और अगर न हटूँ तो ?"

"सुआ घोंप दूँगी। मेरा नाम सागरी है। मैं खरिश डोम की नातिन हूँ।"

"खरिश डोम की नातिन ?"

"चल, दूर हो, कलमुँहे !"

गीले कपड़ों में ही वह चली गई, सूखे कपड़े हाथ में लिए। क्या चाल ! क्या अदा ! नरसिंह के मन को रस्सी में बाँधकर वह साथ लेती गई।

खरिश नहीं हरीश। हरीश डोम। डोम समाज का मुखिया। हमेशा से हरीश के परिवार के लोग नवाबी फौजों में भरती होकर लड़ते रहे हैं। एक बार नंदकुमार ने

इन्हें भी जमीन दी थी। इनकी लड़कियाँ तीर, भाला, बरछा चलाना जानती हैं और सूअर, हरिण मार लेती हैं। मरद लोग जमींदारों के लठैत होते हैं। गुस्सा हो जाए तो हरीश करैत साँप की तरह भयंकर हो उठता है। शायद इसी कारण उसका नाम हरीश से बदलकर खरिश हो गया है।

नरसिंह उद्दाम और जंगली है। पर समय आने पर वह अपने मनोभाव छिपाना भी जानता है। शाम के समय डोमपाड़ा की लड़कियों के साथ सागरी भी मनसातला के थान पर आई। वह सबसे आगे सिर पर चढ़ावे का डाला लिए चल रही थी। भीगे बालों की वेणी पीठ पर झूल रही थी। उसने तीन पाड़ की पीली साड़ी पहन रखी थी। गले और हाथों में चाँदी की माला और कंगन पहने थी। गर्दन लंबी थी और चाल रानियों जैसी।

सन्का जालनी शराब के नशे में चूर थी। वह भी गाने के साथ फटा गला मिला रही थी और आँखें बंद करके झूम रही थी।

इस गाँव में मनसा-पूजा के समय बत्तख की बलि चढ़ाई जाती है। सब अपने बत्तख लाते, मुंडी ऐंठकर तोड़ देते और मनसाघाट की तरफ खून की कुछ बूँदें उछालकर बत्तख लिए घर चले जाते। सारी रात जागरण होता। शराब के साथ बत्तख का गोश्त मजा देगा। मगर नरसिंह अपनी जगह से हिला भी नहीं। बत्तख की बलि भी नहीं दी। बोला, "दुज्जोधन, तू जा, दे आ।"

"तुम मांस नहीं खाओगे क्या ?"

"यहाँ नजर और दूसरे साथियों के साथ बैठा हूँ। वे क्या थोड़ा-सा मांस मुझे नहीं देंगे ? क्या हो खरिश ! दोगे नहीं ?"

खरिश की गंजी चौकोर खोपड़ी चमक रही थी। काली छाती पर सफेद बाल थे, पर शरीर में अभी भी शक्ति थी, पेशियाँ दृढ़ थीं। ऊँची धोती और सिर पर लाल गमछा।

खरिश ने कहा, "आज नरसिंह कटाल माँगकर खाएगा ? सूरज क्या पच्छिम में उगा है ?"

खरिश ने पल बाद पुकार लगाई, "ओ नातिन ! ओ सागरी ! लगता है, बहरी हो गई है। आज बेटियाँ किसी की बात नहीं सुनेंगी।"

"तुम्हारी अपनी नातिन है ?"

"नहीं, भैया की है।"

"पहिले कभी देखा नहीं ?"

"यहाँ रहती न थी। भैया मुश्यिदाबाद (मुर्शिदाबाद) के कुंजघाटा गाँव में रहता था। महाराज की फाँसी के बाद सब-कुछ तितर-बितर हो गया। मैं सभी को यहाँ ले आया। सागरी को अपने रूप का बड़ा घमंड है। किसी की ओर आँख उठाकर भी नहीं देखती।"

लोचन ने कहा, "घमंड कर सकती है। बाप रे ! क्या रूप है ?"

खरिश ने गर्व से कहा, "नातिन किसकी है ? मेरा भाई अलीबद्दी (अलीवर्दी) नवाब के समय से महाराज की फौज में था। कितनी ही लड़ाइयाँ लड़ चुका है।"

"और तुम्हारा नातजवाँई कहाँ है ?"

"अरे धत् ! कैसा नातजवाँई ? ब्याह तो हुआ था, पर इसने उसे छोड़कर दूसरा मरद कर लिया। उसे भी छोड़ दिया और बाप के घर आ गई। बाघिन भला सियार के घर टिक सकती है ? अपने लिए कोई बाघ खुद ही खोज लेगी।"

"सांगा करेगी ?"

"उसकी जैसी मरजी।"

हाँ ! खरिश का समाज इस बारे में अभी भी उदार बना हुआ था। अभी भी वे खेती-बाड़ी, हल-बैल के बंधन में नहीं पड़े थे। उनके गाँव में ऊँची जाति के लोग भी कम ही थे। फलस्वरूप उनकी चाल-ढाल का प्रभाव इन पर नहीं पड़ा था। डोम एक गर्वीली जाति है। यहाँ-वहाँ फौज में नौकरी करते हैं। उनका सबसे बड़ा उत्सव है—चड़क पूजा। उस दिन पुरंदरपुर, मकराने, तेमोहानी, और भी पाँच-सात गाँवों के लोग दामोदर और मुंडेश्वरी नदियों के बीच बसे पोखरन-डोमचक जाते हैं। आस पास कुछ लोग जरूर लापता हो जाते थे। प्राचीन काल में पोखरन-डोमचक में एक शूरवीर डोम राजा था। उसके साथ किसी दूसरे राजा ने भयंकर युद्ध किया था। राजा और आक्रमणकारी राजा में से किसी का नाम वे नहीं जानते। केवल इतना जानते हैं कि वह युद्ध अत्यंत भीषण था। छोड़े गए तीरों से आसमान ढँक गया था। डोम राजा ने पर्वत की तरह बलशाली और हवा की तरह तेज गति वाले घोड़े की पीठ पर सवार होकर युद्ध किया था। डोम योद्धाओं ने निहत शत्रुओं के मुंड तथा कबंध लेकर नृत्य किया था।

आज भी पोखरन-डोमचक के मैदान में डोम लोग चड़क-पूजा की रात में नरमुंड अथवा कंकाल लेकर उद्दाम रणनृत्य करते हैं। चोरी से खून करके कटे हुए सिर को हाथ में लेकर नृत्य करते हैं, या फिर मुसलमानों की कब्रें खोदकर कंकाल ले आते हैं। खरिश डोम और उसके वंश के लोग सबसे पहले नृत्यांगन में उतरते हैं। यह नृत्य पुरुषों का है। स्त्रियाँ केवल दर्शक की भूमिका में होती हैं। खरिश और उसके वंश के इस सम्मान का कारण यह है कि वे उसी विस्मृतनामा डोम राजा के वंशज हैं।

इस दिन, रात बीत जाने पर डोम लड़कियाँ अपना पति चुन सकती हैं। चुनाव के मापदंड होते हैं—यौवन, ताकत, पौरुष और तेज।

खरिश ने कहा, "हमारी बेटियों को ब्याह-सांगा की क्या परेशानी है ? डोमचक तो है ही।"

नरसिंह की छाती में यह बात तीर की तरह धँस गई। उसने कहा, "अच्छी रीत

है हो।"

"और नहीं तो क्या ? हमारी विशा की माँ ने तो डोमचक में ही हमारा हाथ पकड़ा था।

नरसिंह ! नरसिंह ! सागरी को देखकर उन्मत्त होना तुम्हें शोभा नहीं देता। माना कि तुम दुर्धर्ष हो, सारी दुनिया से अलग हो, मगर तुम्हारे घुँघराले बालों में अब सफेदी आ चुकी है। कालीपूजा की बलि के लिए लाया गया भैंसा जब खूँटा उखाड़कर भाग खड़ा होता था, तो जो नरसिंह उस भैंसे को दौड़ाकर पकड़ लाता था, वह नरसिंह तो युवा था। महानाद, बहिरखंड, धामासिन और पुरंदरपुर में तुम्हारे बेटे-बेटियाँ अब स्वयं बेटे-बेटियों के माँ-बाप हो चुके हैं। पलासी के युद्ध के समय तुम महाराज नंदकुमार राय की फौज में थे। वह बात भी अब पुरानी हो गई। नंदकुमार को दिल्ली के बादशाह ने 'महाराजा' का खिताब दिया था। वर्धमान, नदिया और हुगली के दीवान होने के बाद महाराज ने दान-खैरात किया। तुम्हें सोने की मोहरें मिली थीं। वह भी तो बहुत दिन पहले की बात है। उन मोहरों में से दो आज भी तुम्हारे घर की भीत में छिपाई हुई हैं, जिनके बल पर आज भी तुम कहते हो—'अभी भी मैं नवाबी मोहर तुड़वाने की हिम्मत रखता हूँ।' नहीं, सागरी को देखकर उन्मत्त होना सचमुच तुम्हें शोभा नहीं देता।

ये सब बातें एक प्रौढ़ वेश्या बदनी ने नरसिंह से कही थीं। नरसिंह सिर्फ सिर हिलाकर रह गया था।

फिर बोला था, "यह सब मैं जानता हूँ, बदनी। मगर मैं लाचार हूँ। यह कैसा खिंचाव है, कैसा पागलपन है ! जवानी में औरत, पसंद की औरत देखकर देह में एक आग जल उठती थी। मगर वह आग शीतल होती थी। कभी इस तरह पागल तो नहीं हुआ मैं किसी औरत के लिए।"

पारघाट के वेश्यालयों की मालकिन बदनी का चेहरा चेचक के दागों से भरा था। एक आँख भी चली गई थी। जो आँख ठीक थी उसी से वह चारों ओर, सभी चीजों पर नजर रखती थी। जो आँख फूटी थी, उसमें से करुणा छलकती थी।

"क्या मन एकदम वश में नहीं है ?" बदनी ने पूछा।

"ओह ! क्या कहूँ ? पेड़ हिलता है तो लगता है, वह आ रही है। धान के पकने पर हवा में जो गंध होती है, वह भी, लगता है, उसी की देह की गंध है। नींद आ जाती है तो सपने में देखता हूँ, वह मुझे लेकर नाव खेती हुई कहीं जा रही है।"

"सपने में नाव देखते हो ?"

"हाँ !"

"इसका मतलब है, तुम्हें प्यार हो गया है।"

"हाँ बदनी ! भयंकर प्यार ! मन करता है, उसे गोद में उठाकर कहीं भाग जाऊँ। गंगा के किनारे-किनारे दक्खिन की दिशा में जाने पर अजगर-बन आता है। वहीं पर किसी नई जमीन पर लंगर डालकर रुकूँ, अपना घर बनाऊँ।"

"ऐसा तो तुमने कितनी ही बार किया है।"

"पर ऐसा पागलपन तो कभी सवार नहीं हुआ मुझ पर।"

"सागरी को पता है ?"

"नहीं। वह नदी में नहाने उतरती है तो मैं छुपकर देखता हूँ। लौटकर घर जाती है तो धरती पर पड़े उसके पाँवों के निशान सूँघता हूँ।"

नरसिंह की बातें सुनकर बदनी का मन दुख से भर जाता। ऐसा प्रेम तो उसने कभी जाना नहीं। सुना जरूर है कि प्रेम-प्रीत ऐसी ही होती है।

पहले कभी देखा न था।

"यह बात क्या पाँच लोगों को मालूम है ?"

"किसी से नहीं कहा मैंने।"

फिर एक पल बाद आश्चर्य से नरसिंह बोला, "ऐसा कैसे हुआ ? जो बात मन में आती है, गला फाड़कर, चिल्ला-चिल्लाकर कहता हूँ। जो मन कहता है वही करता हूँ। मगर इसकी बात मैं किसी से नहीं कर पाता।"

"कहके देखो। मगर नरसिंह, तुम बाघ जैसे हो तो खरिश के खानदान वाले भी किसी से कम नहीं।"

"तुमने भी क्या बात की, बदनी ? कहाँ वे, कहाँ हम ?"

बदनी ने सिर हिलाया। शूरवीर, दुर्धर्ष, दुर्जय, दस्यु नरसिंह इस उमर में प्यार के जाल में फँस गया है !

"देखो, बात चलाकर देखो। पर परचार (प्रचार) मत करना।"

"नहीं करूँगा।"

"फूली को भेजूँ ? शराब पीओगे ?"

"पीऊँगा। साथियों को आने दो।"

बहुत सोच-विचार करने के बाद नरसिंह ने एक दिन नदी-घाट पर सागरी को जा पकड़ा। चंदनपुर में हाट लगी थी। डोम लोग उसी हाट में बाँस के खाँचे, मछली पकड़ने के झोंप, डोलची आदि बेचने जाते थे। चंदनपुर उभरता हुआ जनपद था। ऊँची जातियों का गाँव। सड़क के किनारे बसा हुआ। लोगों का आना-जाना भी खूब था। गाँजे का दम लगाने के बाद सागरी का मन आनंद से भरा था। नरसिंह को देखकर उसकी भौंहों पर बल पड़ गए।

"एक पल रुको, चिरौरी करता हूँ।"

"क्यों ? मेरे साथ क्या बात करोगे तुम, कटाल ? रास्ता छोड़ो।"

इतने दिनों तक मुर्शिदाबाद में रहने के कारण सागरी के स्वर में राढ़-देश की बोली का असर था। मगर कितना मीठा !

"एक बात कहना चाहता हूँ।"

"क्या ? मैं खरिश डोम की नातिन हूँ। हरेक के साथ रास्ते में बात नहीं करती मैं।"

"तू...तू मेरे साथ सांगा करेगी ? तुझे सोने से मढ़ दूँगा। पलंग पर बिठाकर रखूँगा।"

सागरी अपलक नरसिंह की तरफ देखती रह गई। उसका मुँह देखकर मन के अंदर क्या है, समझना मुश्किल था।

"बोल सागरी ! तुझे देखकर मेरे..."

"तेरे घर में पीतल की थाली है ?" सागरी ने पूछा।

"काँसा-पीतल का पहाड़ है मेरे घर में।"

"तो ठीक है। एक थाली माँजकर उसमें अपना मुँह देखना। छिः ! छिः ! छिः ! पके बालों वाले बूढ़े, तुझे लाज नहीं आती ?"

"अगर अभी तुझे लेकर नदी पार भाग जाऊँ तो ?"

"जानता नहीं, डोम की बेटी हँसुआ साथ में लेकर चलती है ?"

"तू मुझे काटेगी ? मुझे ?"

"या तो तुझे काट डालूँगी, नहीं तो अपनी गर्दन में हँसुआ घुसा लूँगी। रास्ता छोड़ बुड्ढे ! दस ठो नाती-पोते वाला रावण का वंश, डोम की बेटी से सांगा करने चला है ? जा बुड्ढे, जा। जवान औरत को बूढ़ा नहीं जवान मरद चाहिए, इतना भी नहीं समझता तू ?"

कमर लचकाती सागरी आगे बढ़ गई थी। नरसिंह जल-भुनकर राख हो रहा था। जवानी वह कैसे लौटा लाए ? आमोदर, दामोदर, चूर्नी, भागीरथी, अजय कितनी ही नदियाँ देखी हैं नरसिंह ने, कितनी दूर-दूर तक की दौड़ लगाई है ! पर जो जल बह जाता है, वह क्या फिर लौटकर आता है ?

यौवन ! यौवन ही सब-कुछ है ? देह में बाघ की शक्ति, मन में बाघ का साहस, खून में उन्मत्त प्यास ! घर में सोना-चाँदी-काँसा-पीतल-ताँबा यह सब-कुछ नहीं, कुछ नहीं ? यौवन ही सब-कुछ है ?

सारी बातें सुनकर बदनी ने कहा, "अब ?"

"कोई उपाय नहीं है ?"

"मेरे जानते, नहीं है। माँ के थान पर जाते तो हो। वह सब कर सकती हैं।"

हँस पड़ा नरसिंह। सच ! भवानी उसकी बड़ी सहाय है ! उसे क्या चिंता ? भवानी की कृपा से वह फिर जवानी प्राप्त करेगा।

"नरसिंह ! सागरी अगर बदनामी करे ?"

"नहीं करेगी।"

बाद में बदनी को स्वीकार करना पड़ा कि नरसिंह सब कर सकता है, कितना छल-कपट करना जानता है।

दूसरे ही दिन वह कंपनी की भट्ठी की शराब की बोतल और एक खसी लेकर खरिश के घर गया।

बोला, "खरिश ! हे खरिश !"

"अरे कटाल ! ऐसे बखत ?"

"शराब मिली, खसी मिला, चला आया। लो, तुम लोग भी पी लो।"

"पर..."

"मुझे जानते तो हो। जब जो मन किया, कर डाला।"

"तुम क्या आज के हो ? तुम्हें कोई पहली बार देख रहा हूँ ?"

"ठीक बात ! बूढ़े समझते हैं, पर छोकरे नहीं समझते। मगर खरिश ! मुझसे एक गलती हो गई है।"

"हुआ क्या ?"

"पिछली हाट के दिन की तो बात है। बेशुमार शराब पीकर...तुम्हारी नातिन, अरे वही, सागरी, उसी से शराब के तरंग में पूछ बैठा—मुझसे सांगा करेगी ?"

"अच्छा !"

खरिश हो-हो करके हँस पड़ा। फिर बोला, "जल तो गई होगी ? तुम लोग हमें खरिश कहते हो, पर नातिन तो मुझसे भी तीन हाथ ऊपर है। जरा-सी बात पर फन उठा लेती है।"

"बहुत गरम हुई थी। बाद में, नशा उतरने पर...और नशा भी साला रायदीघी को सात बार पार किए बिना उतरता नहीं...ध्यान आया नातिन गुस्सा हो गई। उसने कहा, "बुड्ढे ! जाकर पीतल की थाली में अपना मुँह देख।"

"मेरी माँ भी ऐसी ही थी। वह भी ऐसी ही नागिन की तरह फुफकारती थी। वही तेवर, वही गुस्सा सागरी ने भी पाया है।"

"तो पुकार नातिन को, माफी माँग लूँ।"

नातिन इनकी बातें सुन रही थी।

बाहर आकर बोली, "तुमने कहा, शराब की तरंग में मुझसे सांगा करने की बात कही थी। ऐसा भी क्या नशा कि आदमी बहन-बेटी भूल जाए ?"

"गलती हुई, नातिन, मेरा दिमाग खराब हो गया था।"

खरिश ने बात बदल दी, "अच्छा, छोड़। दो ठो चुक्कड़ ले आ और यह खसी

ले जा।"

नरसिंह ने बस एक चुक्कड़ शराब ली। खरिश की वंश-कथा मन लगाकर सुनी। फिर 'मुझे कुछ काम है' कहकर चला आया।

नहीं, अब नरसिंह नहीं जाएगा सागरी के घर। जवानी लौट आए, फिर कैसा सांगा ? गोद में सागरी को उठाकर वह नाव से दक्षिण चला जाएगा। सिर्फ दक्षिण। नरसिंह ने सुना है, वहाँ अजगर-बन है, बन में बाघ हैं और पानी में मगर। होने दो, वहीं पर वह अपना घर बसाएगा। वह और सागरी। और जंगली पेड़ की तरह मजबूत, फलवाले पेड़ की तरह गदराए बेटे-बेटियों की एक पूरी फौज खड़ी कर देगा। जैसे पुराने जमाने में होता था। जब आदमी दीर्घकाय और प्रचंड शौर्य वाला होता था। तब उसे छिपकर सागरी को देखने की जरूरत न होगी।

पर साथियों से उसने सिर्फ इतना कहा, "मेरी उमर अगर बीस साल कम होती तो सब फाड़कर फेंक देता।"

नजर ने कहा, "कुछ बाकी रखा है क्या ?"

"ओस्ताद की मार रात के आखिरी पहर में होती है।"

"फिर किसी पर तेरा दिल आ गया है क्या ?"

"दिल तो बड़ा बेसब्रा होता है, लोचन। योवती देखते ही नाव में बिठा लेना चाहता है।"

"जानता है, तेरी पहली बहू का महानाद में सुरगबास (स्वर्गवास) हो गया है।"

"अभी तक जिंदा थी, यही नहीं जानता मैं।"

"वहाँ तेरी नातिन का ब्याह हो गया, पता है ?"

"किसकी बेटी थी, कटा की या जटा की ? अरे छोड़ भी उनकी बात।"

"बाहिरखंड में तेरे नाती-पोते जवान हो चुके हैं, धामासिन में दुज्जोधन का बड़ा भाई..."

"उस औरत का तो नाम भी याद नहीं।"

"अब वह सब भूल जा, नरसिंह ! दिन-काल बहुत खराब आ गया है।"

"क्यों ? क्या हुआ ?"

"आजकल चंदन-नगर में कंपनी के काम में बड़ी सख्ती हो रही है।"

"तो छोड़ दे नौकरी।"

"कंपनी के शराब-गोदाम की चौकीदारी भला कोई छोड़ता है ?"

"तेरे पास बहुत रुपए हैं। छोड़ दे नौकरी। जमीन-जायदात, हल-बैल, बाग-बगीचा क्या नहीं है तेरे पास ?"

"दबदबा तो खतम हो जाएगा।"

"हाँ ! और क्या ? शराब पिला, खुद पी। हेइ फूली ! नाचती क्यों नहीं ?"

फूली ने मुँह बिचकाकर कहा, "और कितना नाचूँगी ? सब लोग घर जाओ।

नहीं तो, यहीं सो जाओ। मुझे भी अब सोना है।"

ऐसी वेश्या भी, जिसके पास आदमी रोज जाता है, बीवी जैसा व्यवहार करने लगती है। कभी सुनती है तो कभी सुना भी देती है।

नरसिंह उठ खड़ा हुआ। बोला, "मैं तो चला। महानाद, बाहिरखंड, धामासिन। नजर ने नशा जमने ही नहीं दिया। साले, तुझे एक दिन मारकर फेंक दूँगा।"

"जाएगा कहाँ ? इस बखत घर तो जाएगा नहीं।"

"जहाँ मन करेगा, चला जाऊँगा।"

नरसिंह के चले जाने पर भुवन बोला, "चलो उस दिन के बाद से नरसिंह के सिर पर से भूत उतर गया। उन दिनों तो एकदम पागल हुआ फिर रहा था। बेटे पर बान (बाण) चलाने लगा था।"

नजर ने अफसोस में सिर हिलाया। फिर बोला, "वह मरेगा और उसकी चिता ठंडी करूँगा, तभी विश्वास होगा कि भूत उतर गया है।"

फूली ने चिढ़कर कहा, "भूत-भूत क्यों कर रहे हो तुम लोग ? जानते नहीं साँझ के बखत भूत-परेत का नाम लेने से वे समझते हैं, उन्हें बुलाया जा रहा है।"

"राम ! राम !"

"नरसिंह तो चला भी गया।"

"उसकी कमर में माँ का जंतर है। उसे कोई डर नहीं।"

लोचन ने कहा, "भूत-परेत भी नरसिंह से डरते हैं। पिछली बार जब उद्धारनपुर में शीतला की किरपा हुई थी तो सड़े-गले मुर्दों का ढेर लग गया था। नरसिंह ने कहा—उनकी गति कौन करेगा ? लोचन चल, लाशें जला दें।"

"सच में लाशें जलाईं उसने ?"

"हाँ ! जो काम और कोई नहीं कर सकता, ऐसे विकट काम करने दौड़ पड़ता है नरसिंह।"

लोचन ने जैसे खुद से पूछा, "यह माँ के थान पर रात में क्यों जाता है ?"

"तुम कभी सोते नहीं क्या, नरसिंह ?"

"दिन में सोता हूँ, माँ।"

अगर कह सकती तो भवानी कहती—'सुनो नरसिंह ! जागते बखत तुम्हारे बारे में सोचती हूँ, आँखें बंद करती हूँ तो भी तुम्हें ही देखती हूँ।' मगर उसने कुछ और कहा, "तुझे कोई जवान मिला ?"

"पारघाट में बैठकर लोगों को देखते-देखते आँखें थक गईं। ऐसा कोई नहीं मिला, जिसे ले आता।"

नहीं ला सकेगा, नरसिंह ! तू यह शर्त पूरी नहीं कर सकेगा। भवानी ने शर्त

ही ऐसी रखी है।

—उन्नीस-बीस साल का हो।

—सिर दरवाजे की ऊपरी चौखट से टकराए, इतना ऊँचा हो।

—देह न थुलथुल हो, न लकड़ी जैसी, कसरती होनी चाहिए।

—जितना सुंदर हो उतना ही भला भी हो।

नरसिंह के वश का नहीं ऐसा युवक पाना। भवानी यह बात जानती थी, इसलिए उसने यह क्रूर छल किया था नरसिंह के साथ। अंत में नरसिंह अपनी जिद छोड़कर भवानी के कदमों में जा गिरेगा और कहेगा—'मैं हार गया, भवानी।'

और तब भवानी उसे 'माँ' कहने नहीं देगी। उसका हाथ पकड़कर कहेगी, 'सोने के हिरन के पीछे क्यों भागता है ? जवानी नहीं मिली, न सही। मुझे देख उमर नहीं रही, पर देह अभी वैसी की वैसी धरी है। तुम तो समाज में रहकर भी समाज के नियम-कानून नहीं मानते। और मैं तो एक तरह से समाज के बाहर ही हूँ। तुम्हीं ने मुझे आदमी की जात के बाहर कर दिया। चलो, दोनों कहीं दूर चले जाएँ।'

भवानी लाल कपड़े उतारकर आदमी के कपड़े पहनेगी। औरतों के कपड़े पहनेगी। बालों में तेल लगाकर जूड़ा बाँधेगी। फिर प्रणामी की पोटली गाँठ में बाँधकर सात साल के नरकवास को लात मारकर चली जाएगी।

"माँ ! आँखें क्यों मूँद लीं ?"

"धेयान में थी, नरसिंह।"

"कुछ समझी ?"

भवानी ने गहरी साँस लेकर कहा, "तुम जवान आदमी ले आ सको तो मैं तुम्हारा काम कर दूँगी। मगर मैं जवान आदमी तो नहीं ला सकती। वह तुम्हारा काम है।"

"बशीकरन करके नहीं लाया जा सकता ?"

भवानी ने खून की नजर से नरसिंह को देखा और नीरस स्वर में बोली, "अलग-अलग काम का अलग-अलग विधान है। जिसे काम कराना होता है, सामग्री वही लाता है। पुरोहित बलि के लिए खुद खसी नहीं खरीदता। कालीपूजा में बकरे को खुद काटता भी नहीं, दूसरों से कटवाता है। मनसा की पूजा में बत्तख की बलि देते हो, उन्हें क्या सन्का खरीदकर लाती है ?"

"तुम्हारी दया होगी तो सब हो जाएगा।"

"तुमने जिसकी मनोकामना की है उसका नाम तभी बताना होगा। तंतर (तंत्र) तो बहुतेरे हैं, नरसिंह। अच्छा ! अब तुम जाओ।"

"इस बखत मैं कहाँ जाऊँगा ? धूनी के पास लेट रहूँगा। तुम दरवाजा बंद कर लो।"

चार

पिछले कई दिनों में कितनी ही घटनाएँ नहीं घट गईं पुरंदरपुर में। बूनोपाड़ा के सना बूनो की बहू मातंग बूनो के साथ भाग गई। मातंग का बाप भुजंग कहता है, ''पकड़कर ले आ दोनों को। मैं अपने समाज का मुखिया हूँ। नियम तोड़ने नहीं दूँगा।''

अषाढू कहता है, ''वे पकड़ ले आएँगे उन्हें।''

खूनी परिणाम की प्रत्याशा से भवानी को खुशी हुई।

''मारकर फेंक देंगे क्या ?''

''किस बात के लिए ? उनका समाज और तरीके का है। पंचों को बुलाएँगे, विचार होगा। भुजंग पूछेगा—हेइ बूनी ! तू सना का घर नहीं करेगी ? अगर बूनी कहे कि करेगी तब तो कोई बात नहीं।''

''अगर 'ना' कहे ?''

''तब दोनों एक पत्ता पकड़कर उसे फाड़ डालेंगे ! पत्ता फटने का मतलब है, ब्याह टूट गया। मातंग के बारे में भी यही होगा।''

''और सना, मातंग की बहू—इनका क्या होगा ?''

''वे जिसे चाहें उसके साथ सांगा करेंगे।''

''बड़ा अच्छा समाज है।''

मातंग और बूनी की कहानी बूनो समाज को कोई खास विचलित नहीं करती। वे दिन ढलने पर गीत गाते हैं, मादल बजाते और नाचते हैं। औरत-मर्द, दोनों बराबरी से जंगल-झाड़ी काटते हैं। भुजंग अषाढू से कहता है, ''सोचता हूँ, खेती करूँ।''

जेलेपाड़ा में एक दुर्घटना हो गई। अकालवृष्टि और तूफान से दो नावें क्षतिग्रस्त हो गईं। और खरिश डोम घर की दालान ऊँची करने के लिए मिट्टी खोद रहा था तो उसे एक पीतल का कलश मिला। उसके भीतर जंग लगे आठ-दस रुपए के सिक्के पड़े थे। खरिश ने कहा, ''सागरी, डगरी, टगरी, बेटियों के बिआह पर इनके गहने बनेंगे।'' एक सिक्का भवानी के सामने रखकर उसने प्रणाम किया।

एक और बात को लेकर गाँव में हलचल मच गई। नमोपाड़ा में घुसते समय जो कदंब का पेड़ इतने दिनों ठूँठ पड़ा था उसमें अकालवृष्टि के बाद, कार्तिक महीने में फूल आ गए। सबसे ज्यादा चकित तब हुए ग्रामवासी, जब मनसा थान का आश्रित बूढ़ा गेहुँअन साँप पेड़ के कोटर से निकलकर चला गया, पुराने चावल की गंध छोड़ता।

ग्रामवासियों ने देवीस्थान पर आकर धरना दिया।

''बड़ा अशुभ हो गया, माँ।''

''होगा ही ! पाप का भार बढ़ रहा है।''

"अब क्या किया जाय ?"

"जाकर प्रायशचित (प्रायश्चित्त) पूजा करो।"

भवानी धूप में बैठी गीले बाल सुखा रही थी और सोच रही थी—'किसी बात में मन जैसे टिकता ही नहीं। सचमुच पुरंदरपुर के साथ सभी बंधन कट गए क्या ?'

दुर्योधन एक दिन नई ब्याई गाय का टटका दूध और कुछ केले लेकर भवानी के पास आया।

"सब शांति है न, दुज्जोधन ?"

"उसी एक जने को छोड़कर।"

"सौतेली माँ ठीक है ?"

"वैसी ही है।"

"सती-साधवी औरत है। तुम्हारे बाप ने उसे पहचाना नहीं।"

"पता नहीं दिमाग में क्या फतूर घुसा है ! पहले दिन में सो जाते थे। अब तो एक ही धुन है। जहाँ भी हाट लगेगी, दौड़ पड़ेंगे। खाली युवक ढूँढ़ते हैं। इनके डर से मैं काँपता रहता हूँ कि..."

"नहीं, तुम्हें डरने की जरूरत नहीं है। यह लो, पत्ते में तुम्हारे लिए कुछ है। खोलकर देखो। घर जाकर बेल की लकड़ी में इसे फूँकना। लकड़ी जलकर भसम हो जाय तो वह भसम चार कसोरों में भरकर घर के चारों कोनों पर जमीन में गाड़ देना और हरेक में पीपल की एक टहनी खोंस देना। टहनी सूख जाय तो तुम्हारी आफत-विपद समझो गायब।"

एकदम यंत्रवत् ये सब निर्देश देती गई भवानी। पहले यह सब वह नहीं जानती थी। मगर 'माँ' बनने के बाद उसे दिखाने के लिए अषाढू उस संन्यासी को बुला लाया, जो श्मशान के पास बैठकर सारा दिन धूप में झुलसता था और रात में हुम्-हाम् करता हुआ नदी में छलांग लगाता था।

भवानी का सूजा उदास चेहरा और भैंगी आँखों की कातर विनती देखकर संन्यासी पिघल गया। बोला, "सभी कुछ तो जानती हो, माँ ! अभी उस पर परदा पड़ा हुआ है। धीरे-धीरे सब याद आ जाएगा। शनि की दशा चल रही है। जल्दी ही कट जाएगी।"

संन्यासी ने ही भवानी को ये सब टोटके सिखाए थे। अंत में कहा था, "मुर्दे को जिलाने की कोशिश मत करना। और सब मैंने तुम्हें बता दिया है। मेरी कठिनाई यह है कि जहाँ स्त्रीशक्ति का अधिष्ठान हो, वहाँ मैं नहीं रह सकता।"

मगर शायद भवानी के उत्तुंग स्तन, भारी नितंब और जैसे लोहे को पीटकर बनाई देहयष्टि, यहाँ तक कि उसकी भैंगी आँखें, जिनमें कातरता भरी होती, संन्यासी को विवश करते या फिर पथभ्रष्ट होने को आमंत्रित करते। एक दिन वह अचानक जाने कहाँ चला गया। एकदम गायब।

भवानी उसकी सिखाई बातों को ही यांत्रिक भाव से बोलती थी। दुर्योधन को भी उसने उसी तांत्रिक से सीखी बातें बताईं।

हुँह ! युवक खोजता है ! भवानी ने सिर को एक झटका दिया।

युवक कहाँ पाएगा कलमुँहे ? पा भी गया तो मेरे अंदर वह शक्ति कहाँ, जो उसकी जवानी तुझे दे दूँ ? भवानी के पाँवों पर जिस दिन तेरी लाश होगी उसी दिन मुझे शांति मिलेगी। सात साल से तेरी लगाई आग में भुन रही हूँ। अभी भी न माना तो तुझे काटकर अपनी भी जान दे दूँगी।

गाँव के लोगों की भी बलिहारी है ! मनसातला, घेंटू, ओलाई-चंडी, शीतला—तरह-तरह के देवी-देवताओं से उनका मन नहीं भरा, जो एक 'माँ भवानी' की उन्हें जरूरत पड़ गई। पहले बाप, ताऊ पाँव पड़ते तो लाज लगती थी, अब नहीं लगती।

भवानी ने एक कटोरा शराब पी। पहले नहीं पीती थी। अब तो नजर कोटाल द्वारा लाई गई कंपनी की शराब उसे भा गई है। खुद पीती और अषाढ़ू को भी प्रसाद देती।

दोनों उस समय दोस्त बन जाते।

अषाढ़ू पूछता, "माँ ! तू हमेशा रहेगी न ? मुझे छोड़कर कहीं चली तो नहीं जाएगी ?"

"कैसे कहूँ ?"

"तू अगर चली गई तो यहाँ कौन रहेगा ?"

"क्यों ? तू रहेगा।"

"मैं ? कौन मानेगा ?"

"सभी मानेंगे। गाँव की लड़की मूरख भवानी को सात जात के लोग मान गए, तो तुझे क्यों नहीं मानेंगे ? जरूर मानेंगे।"

"अब लेटने को जी चाहता है, माँ।"

"जा, लेट।"

भवानी दीवार से टिककर पाँव फैला लेती है। फिर एक कटोरा शराब और पीकर बड़बड़ाती है—"सब झूठ है, अषाढ़ू, स—ब झू—ठ ! अगर सच होता तो क्या युवक आता नहीं।"

पाँच

युवक आया। ऐसे आएगा युवक, दसों दिशाओं को कँपाता हुआ, यह तो भवानी ने सोचा ही न था। घिया नदी के परले पार से 'डुम्-डुम्' ढाक की आवाज आ रही

है। ढाकवाला ढाक बजा रहा है और पता नहीं कौन लोग चीखकर जाने क्या कह रहे हैं। समवेत स्वर पास आता है, फिर दूर चला जाता है। फिर पास आता है और फिर दूर चला जाता है।

भवानी चकित है। अषाढ़ू कान खड़ा किए कुछ सुनने की कोशिश कर रहा है।

"क्या हुआ, अषाढ़ू ?"

अब गाँव में भी काँसे की थाली बज रही है। नजर कोटाल चीखता है, "सुनो हे पंचो !..."

"भागी गोरा, माँ !"

अषाढ़ू नाच उठता है, कमर में गमछा बाँधे।

"भागी गोरा भाग रहा है, माँ। पकड़ने पर कंपनी बखसीस देगी।"

"भागी गोरा ?"

"कलकत्ता से भागता है हो, माँ। पकड़ने पर..."

"भागता क्यों है ?"

नजर कोटाल उसी समय आ पहुँचता है। हाथ में लाठी और साथ में कंपनी का प्यादा। बोला, "यहाँ आया था क्या, माँ ?"

"नाः !"

"आए तो बाँधकर रखना। यह कलकत्ता की कंपनी है। बिलात (विलायत) से फौजी लाती है। गोरा फौजी। लाल टोपी, नीली उर्दी (वर्दी)। खूब खटाती है। खटते-खटते बेदम होकर बीच-बीच में कोई भागता है। चंदननगर में ढुकता है, कभी सेरामपुर में ढुकता है।"

"क्यों ?"

"फरासी कंपनी[1], ओलंदाज कंपनी[2], वहाँ तो कलकत्ता की कंपनी[3] ढुक नहीं सकती। भागकर वहाँ जाते हैं। बंदूक बेचकर मौज करते हैं।"

"पकड़ाने पर ?"

"हरिनबाड़ी[4] ! पाताल कोठरी में डाल देते हैं। इसी डर से भागते हैं। एक बार भागने पर भागते ही रहना पड़ता है।"

भवानी का दिल, किसी भी मामूली औरत की तरह डर से धक्-धक् करने लगा।

"उसे पकड़ोगे तुम लोग ?"

"पकड़ा गया तो बाँधकर कलकत्ता ले जाएँगे ! बहुत रुपए मिलेंगे बखसीस में।"

नजर खड़ा हो गया। आँखें सिकोड़कर बोला, "माझियों को विश्वास हो गया

---

1. फ्रांसीसी इलाका 2. डच इलाका 3. ईस्ट इंडिया कंपनी 4. प्रेसिडेंसी जेल का पुराना नाम।

था वह कहीं जाएगा। मोटा पैसा मिलेगा। चन्नन नगर काहे, चूँचड़ा भी पिछाड़ी छूट गया तो नाव पर से कूद गया। मैं तो अचंभे में पड़ गया, कितने दिनों से भागा हुआ था ? कैसे यहाँ आया ?"

भवानी ने सिहरकर पूछा, "यहाँ ?"

"गोरा की जात ! जंगल में ढुकता है तो न तो उसे साँप काटते हैं और न ही बाघ खाते हैं। पर इस गोरा को जरूर पकड़ूँगा। जाएगा कहाँ ? भागी गोरा को पकड़ने के लिए लोग जंगल को छान रहे हैं।"

नजर चला गया। नजर गोरों के बारे में पूरी जानकारी रखता है। गोरे भागते क्यों हैं ? उसे पकड़ने के लिए आदमी इतना उतावला क्यों हो रहा है ? भवानी नहीं जानती, गोरा कैसा होता है, कभी देखा नहीं। पर जब उसे याद आता है कि वह भाग रहा है और ग्रामवासी उसके पीछे हाथ धोकर पड़े हैं तो उसके दिल में उथल-पुथल मच जाती है। 'तू कहाँ है रे गोरा ? मैं तुझे छुपा लूँगी। मेरे पास आ जा तू।'

भवानी परेशान होकर अपने थान से बाहर आई और डर से काठ हुई पेड़ के तने से टिककर खड़ी हो गई। मन ही मन ईश्वर से प्रार्थना की–'दोहाई ठाकुर जी ! उसे पकड़वाना मत।'

सन् 1182, बंगाब्द में, आँखें रहते भी अंधा, कान रहते भी बहरा ईश्वर भवानी की प्रार्थना न सुन सका। कंपनी का गोरा पुरंदरपुर की ओर बढ़ा। फौज छोड़ आने की सजा वह जानता है। और यह भी जानता है कि फौजी जीवन असह्य होने पर ही गोरा भागता है। फ्रांसीसी चंदननगर और डच श्रीरामपुर में कंपनी का शासन नहीं है। अगर पकड़ा गया तो हरिनबाड़ी की दुर्गंध-भरी, कीचड़-सनी पाताल-कोठरी में सड़ना होगा। पकड़ा जाएगा ही क्यों ? भागेगा, भाग जाएगा। मगर उसकी किस्मत अच्छी नहीं है। पहले गंगा के माझियों ने उसके रुपए-पैसे छीन लिए और कहीं उतार दिया। वह कौन-सी जगह है, इसका भी उसे भान नहीं। माझी ने हँसकर पीछे की ओर इशारा करके कहा 'चंदननगर'। चंदन नगर पीछे छोड़ आया है, यह जानकर गोरा आगबबूला हो गया। बंदूक की बट से दोनों माझियों को घायल कर उसने पैसों की थैली छीन ली और भाग पड़ा। मगर माझियों ने भीषण चीत्कार करके कहा, "भागी गोरा। भागी गोरा जा रहा है, पंचो। पकड़ो इसे। जाने ना पाए।"

तबसे अब तक चार दिन बीत गए। बंदूक में गोली नहीं है। फिर भी रास्ते पर आकर उसने वही बंदूक दिखाकर लोगों को भगाया और थोड़े से केले, एक नारियल खाए। रात में कोई जीर्ण-शीर्ण परित्यक्त मंदिर खोजकर पड़ रहता है और

दिन में जंगल की शरण लेता है। अब देह अशक्त हो चुकी है। पाँव उठ नहीं रहे हैं, फिर भी वह चल रहा है। उसे चलना ही है। एक बार भागने पर भागते ही रहना पड़ता है। पकड़े जाने से तो मर जाना अच्छा है। गोरा जंगल में झाड़-झोंप में छिपता चल रहा है। वह एक पल खड़ा होकर कान उटेरकर कुछ सुनता है। पीछा करने वालों का शोर दूर चला गया है। यह कैसा जंगल है, जिसके इतने पास बस्ती है ? बड़ी सावधानी से वह आगे बढ़ता है। प्राणों का मोह सबसे बड़ा होता है।

भागी गोरा को पकड़ने के लिए ही नरसिंह घुसा था जंगल में। अचानक झाड़ की ओट में कुछ देखकर वह ठमक गया। उमर ? उन्नीस-बीस। लंबी-ऊँची काठी जैसे शीशम का पेड़। सोने-सा रंग। दाढ़ी और सिर के बाल भी सुनहले। कपड़े फटे हुए। काँटे बिंधने से शरीर से खून बह रहा था।

यौवन ! यही तो है यौवन !

नरसिंह प्रचंड गर्जन करके उल्लास से दोनों हाथ फैलाए आगे बढ़ा। उसे भवानी की चेतावनी याद ही न रही कि युवक अपनी मरजी से आए तभी उसकी जवानी वह नरसिंह को दे सकेगी।

''सागरी रे ! अब पा जाऊँगा मैं तुझे।''

नरसिंह गोरे की ओर तेजी से दौड़ा। 'नहीं, अब तुझे भागने नहीं दूँगा। जै माँ भवानी !'

चीते की तरह झपटते नरसिंह को गोरे ने जोरदार धक्का दिया और उलटी दिशा में तेजी से भागा। नरसिंह का सिर एक पेड़ के तने से टकराया। खून बहने लगा। अपना खून देखकर नरसिंह गुस्से से पागल हो गया। लंबी छलांग लगाकर उसने गोरे को जकड़ लिया। फिर उसे जंगल से बाहर की ओर घसीटने लगा।

''चल, माँ के थान पर। माँ मुझे सागरी दिला देगी।'' बोलते हुए नरसिंह उसे खींचे लिए जा रहा था। गोरे ने पूरी ताकत से एक झाड़ पकड़ ली। झाड़ उखड़कर उसके हाथ में आ गई। नरसिंह का हाथ किसी तरह छुड़ाकर गोरे ने भागने का अंतिम प्रयास किया। मगर वह बहुत थका हुआ था। नरसिंह ने उसे जमीन पर पटक दिया और गुस्से में उसके गले पर पाँव रखकर खड़ा हो गया।

गोरे की जीभ बाहर निकल आई। आँखें उलट गईं। गोरे का विशाल शरीर एक बार थरथराया, फिर शिथिल पड़ गया। निष्प्राण !

नरसिंह ने सिर ऊपर उठाया।

सामने भवानी खड़ी थी।

और पाँवों के नीचे निष्प्राण यौवन !

आह ! जिस यौवन को पाने के लिए नरसिंह इतना पागल हुआ था, वही उसके पाँवों के नीचे निश्चेष्ट पड़ा है। सौंदर्य से भरा-पुरा उत्तप्त यौवन !

''सा–ग–री–रे–ए !!''

कलेजे को फाड़ डालने वाले चीत्कार के साथ नरसिंह दौड़ पड़ा। भवानी के हृदय में सागरी का नाम सुनकर जैसे दावानल जल उठा।

सागरी ? सागरी डोम ?

चीखती हुई भवानी नदीतट की ओर दौड़ी।

"कहाँ हो लोगो ! कहाँ हो गाँववालो ! नरसिंह भागी गोरा को मारकर भागा जा रहा है !"

भवानी की चीख चारों दिशाओं में फैल गई। फैलती गई।

छह

भागते, भागते, भागते, भागते नरसिंह पस्त हो गया। अब और नहीं भागा जाता। गाँववाले उसका पीछा कर रहे हैं। आखिरकार, सूरज ढलने पर नरसिंह ने अचानक पाया कि अब भागने का कोई रास्ता नहीं। सामने थी रायदीघी। और दीघी के किनारों की तरफ से चारों ओर से उसे घेरे में लिए अनेक लोग उसके नजदीक आ रहे हैं।

"खरिश ! जाल लेकर आगे बढ़। इसे तू ही पकड़ पाएगा।"

गला साफ करके, आँखें पोंछकर नजर ने कहा, "नरसिंह, पकड़ने दे...देख कलकत्ता की कंपनी का कोतवाल, सिपाहियों के साथ आ गया है। पकड़ाई दे।"

नरसिंह ने भीड़ को चीरते हुए रायदीघी में छलांग लगा दी। नरसिंह पकड़ाई देने वाला न था। डुबकी मारकर वह दीघी के बीच जा पहुँचा। सिर पानी के ऊपर करके बोला, "भागी गोरा पकड़ना है तो ले क्यों नहीं जाते ?"

"कंपनी का गोरा मारकर तू जाएगा कहाँ ?" कंपनी का कोतवाल चिल्लाया।

नरसिंह ने फिर डुबकी लगाई। आज यह क्या हो रहा है ? आज क्या सिरिष्टी (सृष्टि) का अंत होने वाला है, सोचने लगा नरसिंह। इस दीघी की कितनी परिकरमा (परिक्रमा) वह करता था। इसका पानी उसका परिचित है। फिर आज क्यों हँफनी छूट रही है ? क्यों आँखों के आगे परछाईं तैर रही है ? क्यों हाथ-पाँव भारी हो रहे हैं ? वह पानी के ऊपर सिर उठाना चाहता है, पर दम नहीं है।

नजर, लोचन, भुवन, दुर्योधन, बदनी, हला, भवानी और...और कौन ? सागरी। पर सभी के चेहरे उतरे हुए हैं, भयाक्रांत।

नजर ने फिर कहा, "कोतवाल का गुस्सा बहुत बुरा है, नरसिंह, जिद न कर। पकड़ाई दे दे।"

"नहीं नजर, तूने बहुत शराब पिलाई, मैंने पी, पर पकड़ाई नहीं दूँगा मैं। कभी

नहीं। स्वरूप दामोदर के चरनों में हूँ मैं। तुम लोग चले जाओ।" किसी तरह कहता है नरसिंह, हाँफता हुआ।

बोलते हुए जैसे ताकत देह में से निथरती जा रही है। मुँह ऊपर करके नरसिंह गहरी साँस खींचना चाहता है, पर यह क्या ? साँस अंदर जाती ही नहीं। पानी पी लिया क्या मैंने ? या हवा ही कहीं गायब हो गई ?

तभी कोतवाल की बंदूक गरज उठी।

•

इस समय रायदीघी के तट शांत हैं। एकदम चुप। आदमी तो हैं, पर उनके मुँह में शब्द नहीं। यह चुप्पी ही जैसे बहुत कुछ कह रही है। मछुआरे लग्गी और जाल लाने गए हैं। लाश उठाएँगे।

दीघी के बीच में खून फैल रहा है। वहाँ का पानी लाल हो रहा है। और धीरे-धीरे उस रक्ताक्त पानी में से एक अतिकाय कछुआ ऊपर आता है, पानी की सतह पर। अपनी आदिम आँखें खोलकर वह लोगों की ओर देखता है। भयानक, भयानक तिरस्कार, भयानक धिक्कार है उसकी दृष्टि में। वह दृष्टि जैसे किसी न्यायाधीश की तरह लोगों को सजा सुना रही है। जैसे कह रही है—'मनुष्य भी जीव है, अपनी सहजात प्रवृत्तियों का दास। नरसिंह आदिम ही रह गया था। वह एक व्यतिक्रम था, अपराधी नहीं। तुम लोगों से पाप हुआ है। फिर कच्छप ने अपना सिर पानी के नीचे कर लिया।

सूर्य डूब गया।

केवल किंवदंती

बांग्ला साहित्य और लोकस्मृति में सेन राजाओं का कोई अस्तित्व नहीं।
नीहाररंजन राय : 'बांगालीर इतिहास'

ढोल-ताशे बजाकर प्रचारित किया गया था कि राजा बल्लाल सेन, जब तक मृत्यु नहीं आ जाती, अपनी इच्छा से गंगा के पानी में खड़े होकर बिताएँगे। काफी दिनों से राजा के कर्मचारी गाँवों और जनपदों के बीच से चौड़ा रास्ता बना रहे हैं और रास्ता पीटकर चौरस किया जा रहा है। रास्ते के दोनों ओर जो झाड़-झंखाड़ है, उसकी भी सफाई की जा रही है। घास-पात, बाँस-सरपत, सब काटे जा रहे हैं।

यह सब देखकर श्मशान का डोम महाकाल बोला, "बाप रे ! रास्ता बनाने में इतना जतन कर रहे हो ! कोई चटाई बिछाकर सोएगा क्या ?"

पथाध्यक्ष ने कहा, "तुम किस जाति के हो जी ?"

"मैं श्मशान जगाता हूँ। जात से डोम हूँ।"

पथाध्यक्ष ने मुँह फेरकर कहा, "छिः ! छिः ! छिः ! तुम लोगों ने ढोल-ताशे के साथ राजा की घोषणा नहीं सुनी ?"

महाकाल हमेशा थोड़ी शराब पिए रहता है। उसकी स्त्री कहती है, "कितनी शराब चुआते रहते हो रात-दिन ? और कितनी पीओगे ?"

स्त्री की बात सुनकर महाकाल दुःख से रो पड़ता है। कहता है, "रानी ! दुनिया में कितनी शराब है रे ! चावल की, गुड़ की—वह सारी शराब मैं ही तो नहीं पी जाता ? एक दिन, जब इस दुनिया से उठ जाऊँगा, तब भी कितनी पी चुका होऊँगा, बोल ? आहा ! अगर भगवान मेरे पेट को बल्लाल दीघी[1] जितना बड़ा कर देते तो गंगा में जितना पानी है, उतनी शराब मैं पी डालता।"

"चल, हट, मुझौंसे बुड्ढे !"

"सच मान, शराब पीने के बाद तू बड़ी सुंदर लगती है।"

"जा मर, बेशरम !"

---

1. राजा बल्लाल सेन द्वारा खुदवाई झील।

कहकर महाकाल की स्त्री होंठों में मुस्कराती अपने काम से चली जाती। भेड़-बकरियाँ-बत्तखें चरकर शाम को घर आएँगी तो उन्हें चारा-दाना देना होगा। कनसट पुराना जनपद है। उसके श्मशान का डोम आदमी नहीं है। ब्राह्मण हो वैद्य हो, कायस्थ हो—जो कोई भी हो श्मशान का डोम न हो तो उनकी चिता कौन सजाएगा ?

महाकाल की गृहस्थी भी कोई कम नहीं है।

आकाल, माकाल नामक दो बेटे हैं। दो पतोहुएँ और नाती-पोतों से घर भरा हुआ है। खाना पकाने के लिए बड़ी-सी हाँड़ी चाहिए, लकड़ियाँ भी खूब लगती हैं। असंख्य बकरियाँ और बत्तखें हैं और उनकी पहरेदारी करने वाला विकराल कुत्ता।

महाकाल बूढ़ा है। उसकी पत्नी भी बूढ़ी है। मगर पत्नी का स्वास्थ्य बहुत अच्छा है। खूब खटती है।

इसी महाकाल से पथाध्यक्ष ने कहा, "छिः ! छिः ! तुम लोगों ने ढोल-ताशे के साथ राजा की घोषणा नहीं सुनी।"

"जरा जोर से बोलिए। श्मशान का डोम हूँ, ऊपर से बूढ़ा। कम सुनता हूँ।"

कान में जलती चिताओं का चट्-चट् शब्द और टिकठी के बाँसों का आग में फटना। बहरा तो होना ही था।

"ढोल-ताशा बजाकर सावधान नहीं किया गया है कि अंत्यज (अछूत) जातियों के लोग सड़क के किनारे नहीं आएँगे ?"

"ओब्बाबा ! कौन आ रहा है। सुरग (स्वर्ग) से शिवजी तो नहीं उतर रहे हैं, पैदल चलकर गंगा में जाने के लिए ?"

"शिव ही समझ ले। महाराज बल्लाल सेन इस पथ से गंगा तक जाएँगे।"

"तो ऐसा बोलो न ! यह तो बताओ कि राजा हमारी जात की औरत लेकर घर बसा सकते हैं और हमारा मुँह देखने से उनको परहेज है ?"

"रानी जी डोम की लड़की नहीं हैं !"

"डोम नहीं तो हाड़ी है। एक ही बात है।"

हाड़ी नहीं, हड्डिका। हड्डिका युवती पद्मिनी को प्रेम कर बैठने के समय से ही सेन राजवंश का सर्वनाश्चा शुरू हुआ था। इस बात से अनेक अन्य प्रजाजनों की भाँति पथाध्यक्ष भी क्षुब्ध थे मन ही मन। पर इसके सामने वह बात कैसे मानते ?

बोले, "जो भी हो। महाराज स्वेच्छा से गंगा के पानी में पाँव डालकर लेटे रहेंगे। वे इसी तरह मरना चाहते हैं। राजा को इसी रास्ते से ले जाया जाएगा।"

"अभी वे जिंदा हैं ?"

"कैसी बात करता है रे तू ?"

"नहीं, मैं समझता था, राजा मर चुके हैं।"

“तेरे साथ बात करना बेकार है।”

“भूल कर रहे हो। महाकाल महाग्यानी होता है। मन करे तो तुम्हारे पीछे भूत-परेत लगा सकता है।”

अपराह्न का समय, धीरे-धीरे शरद ऋतु की संध्या आकाश से उतर रही थी। रास्ते के दोनों किनारों पर बाँस के जंगलों से शन्-शन् ध्वनि आ रही थी। सामने खड़े कृष्णवर्ण, दीर्घदेह, सिर पर लाल गमछा, कमर में कटिबंध पहने, पल-पल में चुल्लू भर मदपान करते, लाल आँखों में विद्रूप भरे डोम को देखकर पथाध्यक्ष का मन आशंका से भर उठा। वे विचलित हो उठे।

किंतु वे राजा के नौकर हैं, उनकी आज्ञा के पालक। इसलिए बोले, “राजा की पीनस आएगी तो तुम लोग दूर हट जाना। राजा और उनके साथ आने वाले ब्राह्मणों को तुम्हारा मुँह नहीं देखना...”

“हा-हा-हा-हा,” हँस उठा महाकाल, बोला, “ओ हे नागरिक ! मैं सबका मुँह देखता हूँ। उनका भी जिन्हें हमारा मुँह देखने से डर लगता है। चिता पर चढ़ाने के पहले देखता नहीं हूँ ? चाहे ब्राह्मण हों या पुरोहित—सबके हाथ-पाँवों की गाँठें बाँस से मारकर यही डोम तोड़ता है। उनकी चमड़ी फाड़ता है, तभी वे जल पाते हैं। और जो हमें, ‘दूर हो’ ‘दूर हो’ करते हैं वे भी हमारे पास ही आते हैं। आदमी जाएगा कहाँ ?”

“यह बात नहीं। तुम्हीं बताओ, यदि मंत्री जी, ग्रामपति, अग्रहारिक, महत्तर—किसी को भी सूचना न दें तो मैं क्या करूँ ? यह अपरिचित स्थान, अजीब किस्म के लोग...”

“डर लगता है, नागरिक ?”

“जाओ, अपना काम करो।”

“काम मेरा हो गया है हो ! बहुत काम था, बड़ी भारी जिम्मेदारी का काम है मेरा।”

पथाध्यक्ष कौतूहल रोक नहीं पाए।

“श्मशान के डोम का काम भी कोई काम है ?”

“वही तो, एकदम नगरवासी की तरह बात की तुमने ? जितने काम हैं सब नगर में होते हैं, आँ ! ग्राम न होते तो नगर जिंदा रहता ? अँधेरा हो रहा है। जाओ, अपने शिविर में जाओ।”

“मगर...अकेले...”

“जाओ न, डर की कोई और बात नहीं है। बस, एक बात है, यहाँ साँप बहुत हैं। उन्हें शरत काल का हिम बहुत पसंद है। निकल पड़ते हैं।” महाकाल ने स्नेह से कहा।

“साँ—प !”

"तुम्हारे पाँवों में तो जूते भी हैं।"

"मुझे छोड़ आओ न थोड़ी दूर ?"

"खुद चले जाओ। मुझे काम है। लाठी ठोंकते हुए निकल जाओ।"

"काम !"

महाकाल ने हँसकर कहा, "हाँ ! काम। शरत का बाँस सबसे सरेठ (श्रेष्ठ) होता है। जो धनुख (धनुष) बनाते हैं वे भी खोजते हैं। मैं भी पके बाँस पर निशान बनाता हूँ। पका बाँस न हो तो हाड़ तोड़ने और चमड़ी फाड़ने में असुविधा होती है। समझे नागरिक ?"

लंबे डग भरता महाकाल चला जाता है। उधर युवा पथाध्यक्ष को तर्कहीन आतंक ने घेर लिया है। हाय ! वह नगरवासी है। गाँव अब वह नहीं जाता। नगर में ही रहता है। नगर में एक और विवाह भी उसने किया है।

ग्राम जीवन से विच्छिन्न है वह। एक छिन्नमूल नगरवासी है वह। इसी कारण चराचरव्यापी संध्याकाश में क्रमशः मुँह दिखाते कौतूहली तारे, हवा में झूमते बाँस-वन, गंगा की कलकल ध्वनि उसे अवश और असहाय बना रहे हैं। इतना बड़ा परिप्रेक्ष्य, इतनी विराट दृश्यावली उसे नहीं चाहिए। नगर में बहुत सुरक्षित है वह। छोटा-सा घर, कृत्रिम आलोक, संध्या का अंधकार नहीं व्यापता, पथ पर मशाल जलते हैं, नगररक्षी पहरा देते हुए बीच-बीच में चीखते हैं—'सोते-जागते रहो, ओ सोने वालो !' यह आदमी ! श्मशान का डोम ? पता नहीं क्यों लगता है, वह कोई अशुभ प्रेतात्मा है। वह जानता है, प्रेत हैं, पिशाच हैं, डाकिनी, पिशाचिनी भी हैं। हाय ! शिविर कितनी दूर है ?

वह तेजी से पाँव बढ़ाता है।

और महाकाल गंगा के किनारे-किनारे चलता गया। बहुत दूर तक चलने पर वह गाँव की रक्षा करने वाली देवी मनसा के थान पर पहुँचा। वहाँ लोग पूजा करने आते हैं। जन्म और विवाह के समय पूजा करते हैं, भेंट चढ़ाते हैं, भाद्र के महीने में मनसा की पूजा होती है। मेला लगता है। मेले में नदी-पार से असंख्य लोग आते हैं। ढेरों दूकानें लगती हैं। मनसा-स्थान के सामने का बड़ा-सा मैदान लोगों से ठसाठस भर जाता हैं दूकानदार खूब मुनाफा कमाते हैं। दूकानों में चिड़वा, दही, गुड़ आदि की बिक्री होती है। सत्तू और गुड़ मिलाकर बनाए गए लड्डू भी खूब बिकते हैं।

साँपों के विष के लिए सर्प-वैद्यों की माल जाति के लोग भी आते हैं। साँपों में नाग होते हैं। वह दृश्य देखने लायक होता है। सपेरे की बाँसुरी की धुन पर अनगिनत नाग-नागिनें फन फैलाकर नाचते हैं। कविराजों के आदमी भी आते हैं। आयुर्वेद की दवाओं के लिए साँपों का विष खरीदते हैं। 'सूचिकाभरण' नामक औषधि तैयार करने के लिए खास माप और तौल का गोखरू साँप खरीदते हैं।

महाकाल की जाति-बिरादरी वाले मजे से मेले में घूमते हैं।

यह मेला कुड़ब, चंडाल, बरुड़, तक्ष, चमार, घटजीवी, कहार, मल्ल, हड्डिक, पुलिंद, शबर, डोम जैसे सभी अस्पृश्य लोगों का मेला है। इस मेले में ऊँची जातियों के लोग नहीं जाते। इसी मेले में आई थी हाड़ी अथवा हड्डिका जाति की नवयुवती पद्म। उसका रंग गोरा नहीं, काला था। मगर काले के सौंदर्य से सारी दुनिया में रोशनी होती है, यह कहावत उस पर चरितार्थ होती थी। अपरूप सुंदरी थी वह कृष्णवर्णा युवती। लगता था, किसी महान मूर्तिकार ने उसे अपने हाथों से गढ़ा है। पतली कमर, भारी नितंब, उत्तुंग वक्ष और सिर पर बालों का भारी जूड़ा।

तबसे आज तक बीस वर्ष बीत गए।

बीस वर्ष ?

मंदक से मिलने की खातिर पद्म गंगाघाट पर खड़ी थी। सिर के जूड़े में फूल खुँसे थे। कानों में ताड़ के कोमल पत्तों के झुमके और हाथों में पीतल के कंगन।

किसी ने उससे कहा, "मंदक उस नाव पर, वो जो वहाँ खड़ी है, तुम्हारी राह देख रहा है।"

भोली-भाली पद्म ने उस अपरिचित पर विश्वास कर लिया। क्यों पद्म ने उस पर विश्वास किया ? पद्म ही था उसका नाम।

पता नहीं कौन उसे नगर ले गया उड़ाकर, धोखा देकर, गौड़। बंगाधिपति महा पराक्रमी राजा बल्लाल सेन के सामने।

महाकाल जानता है, नगरवासी लोग नाव लेकर मेले के समय घाट-घाट पर फिरते हैं। सुंदरी लड़की देखते हैं तो उसे छल-बल से उठा ले जाते हैं।

हड्डिक, डोम, चंडाल, किसी जाति की लड़की हो, उन्हें परवाह नहीं। उस समय वह बिकने वाला माल होती है। बल्लाली शासन की कठोरता के कारण समाज की धारा अनेक उपधाराओं में बँट गई थी। मगर पद्म चीख रही थी, "ओ जी ! मैं हाड़ी की लड़की हूँ। छोड़ दो मुझे ! छोड़ दो !"

"अरे तू तो पद्मफूल है। यहाँ क्या तू शोभा देती है ? तेरी जगह तो महलों में है।" किसी ने कहा था।

और नाव के सारे पाल खोल दिए गए थे। नाव तेजी से नगर की ओर दौड़ पड़ी थी।

महाकाल की माँ बड़ी ज्ञानी-गुनी औरत थी। लोगों को दवा-दारू देती थी। भूत पकड़ता तो छुड़ाती थी। मंदक और पद्म उसी के पास आने वाले थे। अपार सुख-शांति वाले जीवन के लिए वे महाकाल की माँ से ताबीज लेने वाले थे। पर अब कहाँ पद्म और कहाँ मंदक और कहाँ उनकी सुख-शांति ?

ईश्वर माल नगर में कविराजों की बस्ती में साँप बेचने जाता था। ठीक समय पर वह विष निकालकर उन्हें दे आता था। झाँपे में बंद साँप को खाना देता था।

मंदक की माँ ने उससे कहा था, "लड़की को खोजना, ईश्वर। मेरा मंदक तो पत्थर की तरह गंगातीर पर बैठा रहता है। कहता है–'घर मत बुलाओ, माँ। पद्म आएगी।' बड़े कष्ट से उसे पाया है। पाँच बच्चों को सौरी में खोकर उसे पाया है। मेरा बड़ा लड़का कहता है–'पागल हो गया है। मार-पीटकर घर ले आओ। आग में तपाई बेड़ी पाँवों में पहना दो। ठीक हो जाएगा।' लगता है, यही करेगा। तुम जरा देखना, अगर पद्म कहीं मिल जाए। उसे बताना मंदक की बात।"

मंदक के बारे में सोचता महाकाल तो उसके सीने में रावणी चिता जल उठती। उसका बड़ा लड़का मंदक का हमउम्र है। मंदक कितना सुंदर युवक है ! जैसे काले पत्थर का पुतला। उसने बचपन से देखा है, दोनों में कितना प्रेम है !

मंदक कहता, "ईश्वर पद्म की खबर लेकर आए, तो मैं घर जाऊँगा। थिर होऊँगा।"

ईश्वर नगर से लौटकर सिर पर हाथ रखे मनसा के थान पर बैठा था।

मंदक ने उसकी तरफ देखा।

"पद्म को भूल जा, मंदक।" एक पल बाद ईश्वर ने कहा।

"क्या उसे दासी-हाट में बेच दिया है ?"

"नहीं, वह दासी नहीं है।"

"तो ?"

"राजा बल्लाल सेन की रानी बन गई है वह। बल्लाल की कितनी ही रानियाँ हैं–एक से एक सुंदर, पर गोरे रंग से उसका जी भर गया है। उसे काली युवती चाहिए। पद्म को देखकर वह पागल हो उठा है।"

"यह कैसी कहानी कह रहे हो, ईश्वर ?"

"यही सच है। उसे जो लोग उठाकर ले गए, वे काली सुंदरी की खोज में थे। काली लड़की चाहिए तो हमारे घर ही आना पड़ेगा। उस दिन तीन लड़कियों को उठाया था उन लोगों ने। उपाली गाँव की चंननी, विशाल बागाती की बहन कंकना और पद्म।

"फिर ?"

"पद्म इस समय रानी पद्मिनी बन गई है। पर वह राजा की तरफ देखती तक नहीं। मुँह फेरे रहती है और राजा उसके पाँव पकड़े पड़ा रहता है। कंकना और चंननी रास्ते की भिखारिन हो गई हैं।"

"तुम उसे ले क्यों नहीं आए ?"

"मैं क्या राजमहल में घुस सकता था। कितने ही सिपाही-संतरी दिन-रात पहरा देते हैं। कविराज ने कहा–'पद्म को भूल जाओ, ईश्वर। राजा ने समाज को तोड़ डाला है। कितनी ही जातियाँ बना दीं। ब्राह्मण के अलावा किसी की बात ही नहीं सुनता। संस्कृत छोड़कर किसी भाषा में ग्रंथ नहीं रचने देता। उस पर हड्डिका-दोष

चढ़ गया है। यह राज्य रसातल में चला जाएगा, ईश्वर। तुम देखना।' "

मंदक बुदबुदाया, "पद्म अब पद्मिनी हो गई है...रानी ?"

"रानी ही समझो। और भी तो कितनी रानियाँ हैं। वे तो राजाओं की बेटियाँ हैं। मिजाज से तो एक-एक बाघिन समझो। वे हाहाकार कर रही हैं कि राजवंश में दाग लग गया। बाल-बच्चों का ब्याह कैसे होगा ? पटरानी ने कहा है, वे राजा को छोड़कर चली जाएँगी। युवराज ने कह दिया है कि वह बाप का मुँह भी नहीं देखेगा।"

"पद्म अब पद्मिनी है, रानी ?"

"हाँ ! मंदक। घर जा। उसे भूल जा। ब्याह कर। घर-बार बसा।"

"ऐसा ही होगा, ईश्वर।"

मगर मंदक ने वैसा नहीं किया। वह घर छोड़कर चला गया। दूर-दूर के अंचलों में घूमता रहा।

उसने किसी से मिट्टी के खिलौने-बर्तन बनाना सीख लिया है। बर्तन-खिलौने बनाता है, पकाता है और रँगता है। मनसा-मेला में उसके बनाए गेंद, रथ, हाथी, घोड़ा, मछली खूब बिकते हैं।

घूम-घूमकर खिलौने बेचता है। उम्र चालीस के आस-पास है। सिर के बाल खिचड़ी हो रहे हैं। देह पर गेरुए रंग की धोती है। गेरुआ कपड़ा देखकर उसकी माँ बहुत रोई थी। मंदक ने कहा, "रोती क्यों है, माँ ? सन्नासी तो हुआ नहीं हूँ। रास्ते-घाट में घूमता हूँ। कपड़े जल्दी गंदे हो जाते हैं। इसलिए गेरू से रँग लिया है।"

"कहाँ रहते हो, मेरे बाप ?"

"जहाँ ठौर मिल जाए। हाट-बाजार के झोपड़ों से तो कोई भगाता नहीं।"

"खजाना जुटता है ?"

"खूब ! चलो, भात पकाओ। खाकर जाऊँगा। भाई ने घर तो अच्छा बना लिया। क्यों ?"

"कोंहड़ा, लौकी, बैंगन, खीरा उपजाता है और बाजार में बेचता है। घाट से मछली खरीदकर हाट में बेच आता है। उसकी बहू-बच्चे—सब बड़े मेहनती हैं। मेहनत करके सब सजाया है। संसारी आदमी है न !"

"इतनी बड़ी झील किसने खोदवाई ?"

"कन्नपुर (कर्णपुर) में झील, मंदिर, बाजार, गंगातीर पर पक्का घाट, रास्ता, रास्ते के दोनों किनारों पर पेड़, सुना है, सब राजा बनवा रहा है।" माँ ने सूखे गले से कहा, "भला हमें कैसे मालूम हो कि कौन बनवा रहा है। पद्म के माँ-बाप राढ़देश चले गए। यह सब बिना देखे चले गए।"

मंदक विषण्ण हँसी हँसकर बोला, "शायद पद्म कभी लौट आए। पुराने दिनों

की याद में गाँव को सजा रही है।"

"अब क्या लौटेगी ? सुना है, वह खाना न पकाए तो राजा खाता ही नहीं। उसे भला अपनी आँखों की ओट होने देगा !"

"बच्चे तो हुए नहीं ?"

"नहीं, दवा करवा रही होगी। तू अभी भी उसको याद करता है ?"

"पिछले जनम की यादगार है न ! धुँधली-सी याद बाकी है।" मंदक इस पार चला आता है। मनसातला के पास ही उसने एक झोपड़ा बना रखा है। कभी-कभी यहाँ ठहरता है। फिर चला जाता है। वह हमेशा से शांत और कोमल स्वभाव का था। अब उसे देखने पर लगता है, वह महातृप्त है, जैसे सात राजाओं का धन पा गया हो। कांधे तक झूलते घुँघराले बालों में बड़े यत्न से कंघी की है। शरीर पर गेरुए रंग की धोती और कमर में गमछा। बाँस की मचान पर सोता है। कथरी बिछाता है। मिट्टी की हँडिया में खाना बनाता है। पानी के लिए मिट्टी का ही घड़ा।

देर तक मंदक गंगा के तट पर बैठा रहता है।

मुँह पर प्रसन्नता और शांति होती है।

महाकाल के लड़के आकाल ने एक दिन पूछा, "क्या देखता है रे ?"

"यही, नदी, पेड़, नावें, आदमी। और क्या ?"

"तू बिआह कर ले, मंदक।"

"नहीं, आकाल।"

"साँपों से डर नहीं लगता ?"

"नहीं, वे मुझे चीन्हते हैं। मेरी झोंपड़ी में एक साँपराज आता है। जेठ की गरमी में घड़े को चारों ओर से लपेटे पड़ा रहता है। कुछ करता नहीं। चुपचाप मुझे देखता है और मैं उसे।"

आकाल ने मन में कहा—लगता है, अभी पद्म की आस बाकी है।

महाकाल मंदक के घर गया। दरवाजा बंद था। अंदर दीया जल रहा था। दरवाजा ठेलकर वह कहना चाहता है—'यह क्या तमाशा है, मंदक ? राजा मरने वाला है, इसलिए गंगातीर पर आ रहा है। राजा के आदमी रास्ता बना रहे हैं।'

पर कह नहीं पाता। चौखट पर ही खड़ा रह जाता है।

मंदक दीवार के सहारे खड़ा है, स्थिर और शांत। और बाँस की मचान पर बैठी है एक अधेड़ किंतु रूपसी स्त्री। उसने रेशम का वस्त्र तथा उत्तरीय पहन रखा था। सिर पर लंबी वेणी है और सारे अंग गहनों से आच्छादित हैं।

मंदक ने मुसकराकर कहा, "पद्मिनी ! रानी पद्मिनी !"

महाकाल के मुँह से निकला, "यहाँ ?"

"राजा अब मरा कि तब। सुखों को लात मार कर वह चली आई है।

चलते...चलते...''

पद्मिनी ने कहा, ''आई तो देखा यहाँ अकेले में एक घर है, घुस गई। दीया था, जला लिया। बड़ी प्यास लगी थी, पानी पीया। कैसे जानती, यह मंदक का घर है ? बोलो, महाकाल ?''

''अब तो जान गई। यहाँ से जाओ।''

''कहाँ जाऊँ ?''

''इतने दिन रानी रही, घर नहीं बनाया ?''

पद्मिनी ने 'नहीं' में सिर हिलाया।

फिर बोली, ''रानी नहीं, मैं तो पानी पीने का बर्तन थी, उपपत्नी।''

''एक ही बात है। अपने गाँव जाओ तुम। झील कटवाई है, पेड़ लगवाए हैं, बाजार बसाया है...वहाँ क्यों नहीं जाती ?''

''वहाँ भी तो बल्लाल सेन का राज है।''

''तो यहाँ किसका है ?''

''मनसा देवी का। यह मनसातला है। देवता के स्थान पर राजा का हुकुम नहीं चलता।''

मंदक ने पूछा, ''पर तुम यहाँ आई क्यों ?''

''उसने मेरा सर्वनाश किया है। उसे शिक्षा देनी है।''

''अरे मंदक ! इसे समझा, वह राजा है। यह उसे कैसे शिक्षा देगी ?''

''होने दो राजा। मैं उससे बदला लूँगी।''

क्रुद्ध सर्पिणी की तरह फुँफकार उठी पद्मिनी।

''राजा का लड़का साठ बरस में राजा होगा। तब ? तब उसकी उमर साठ की होगी और उसका घर अनगिनत रानियों और उनके बाल-बच्चों से भरा होगा। उसके भी तो लड़की-दामाद, नाती-नतिनी—सब थे, फिर भी वह मेरी लालच में मरा या नहीं ?''

मंदक ने हँसकर कहा, ''सारी दुनिया ने राजा को हाड़ी-दोष के लिए धिक्कारा, पर उसने तो तुम्हें छोड़ा नहीं ?''

''कभी छोड़ता है कोई ? बाघ आदमी को मारता है, फिर खाता है। आदमी भी उसे मारेगा, यह बात बाघ जानता है, फिर भी क्या बाघ आदमी को मारना छोड़ देता है ? राजा को कितना कहा, मुझे छोड़ दो, छोड़ दो, छोड़ दो। मैं चली जाऊँ वापस अपने लोगों में। पर छोड़ा क्या उसने ?''

एक पल पद्मिनी गहरी साँसें लेती रही और बाघिन की तरह गुर्राती रही। फिर बोली, ''बीस साल उसने मुझे चूसा, मेरा खून पिया। अब उसे ज्ञान हुआ है ! उसकी पटरानी उसे सराप देकर अपने बेटे के पास चली गई है। क्यों ? पटरानी कहती है—'यह ऐसे नहीं जाएगी। इसका सिर मूँड़कर, नंगी करके बाहर निकालूँगी,

तभी यहाँ से जाएगी।' क्यों, मेरा सिर क्यों मूँड़ेगी वह ? मेरी क्या गलती है ? दोष किसका है ? मेरा ?''

एक पल रुककर फिर गर्व से सिर तान कर कहा, ''मैं सुख को लात मारकर चली आई। राजा रो-रो कर मरे।''

''क्या करेगी तू ?''

''बदला लूँगी। मेरी जलन तभी शांत होगी।''

''कैसे ?''

''देखना।''

मंदक ने गहरी साँस लेकर कहा, ''तुम यहाँ रहो। मैं जाता हूँ। चल, महाकाल !''

पद्मिनी ने स्वयं को संयत किया। कहा, ''थोड़े दिनों की तो बात है, मंदक। राजा के यहाँ पहुँचने पर मैं चली जाऊँगी। बस, थोड़े दिन।''

''कहाँ जाएगी ?''

''देखना, कहाँ जाती हूँ। 'शांति से मरूँगा !' देखती हूँ, वह कैसे शांति से मरता है ? मैं उसे जला-जलाकर मारूँगी। बीस बरस ! बीस बरस मैंने जो नरक भोगा है, उसका बदला लेना है। अगर उस दिन मुझे नाव में भगाकर न ले जाते तो आज मेरा बेटा जवान होता, मेरे बाल पके होते, चमड़ी सिकुड़ी होती।''

''हाँ ! वह तो हुआ नहीं।'' महाकाल ने कहा, ''क्या वहाँ कुछ दवा-दारू लेती थी जवान बने रहने के लिए?''

''दवा से भी बेशी ! दासी तेल मलती थी सारी देह में। धूप जलाकर मेरे केश सुखाए जाते थे। छिः ! छिः ! छिः ! इस उमर में आदमी अपने बाल-बच्चों के ब्याह करता है। और मुझे देखो—अंग चमक रहे हैं, चमड़ी खिंची-खिंची। राजा मेरा मांस खाता था। राजा क्या छिछड़ा मांस खाता ?''

''छिः ! छिः ! तो तू मर क्यों न गई ?''

''मैं क्यों मरती रे श्मशान चंडाल ? जिसने पाप किया है वह मरे।''

मंदक और महाकाल निकल पड़े।

मंदक ने एक पल बाद कहा, ''दिन में जंगल में छिपी थी। अँधेरे में नाव खेकर आई है...गुस्से से पागल हो रही है ! तब एक बात है। वह यहाँ है, यह बात किसी से मत कहना, महाकाल ! तुम्हारे पाँव पड़ता हूँ।''

''मुझे छिमा कर, मंदक ! इतना सब मेरी समझ में नहीं आया था। नगरवासी ने मुझसे कहा—'राजा मरने आ रहा है, रास्ते के दोनों ओर अंत्यज न खड़े हों। दूर रहें।' फिर सोचा तेरी खोज-खबर लेता हुआ घर जाऊँगा। यहाँ देखा पद्म इतने दिनों बाद आई है। अब तू कहता है पाँव पकड़ेगा ! छिमा दे, मुझे छिमा कर।''

अचानक चौंक पड़ा महाकाल।

"मंदक !"

"क्या ?"

"पद्म तो..."

"हाँ ! क्या ?"

"वह तो छुआ गई ?"

मंदक ने गहरी साँस लेकर कहा, "हाँ हो ! छुआ गई है। प्रेतनी-भूतनी तो है नहीं। चलो, तुम्हें कुछ दूर छोड़ आता हूँ।"

"मुर्दों से तो डरता नहीं रे ! डर लगता है जिंदा से। तूने घर तो छोड़ दिया। रहेगा कहाँ ?"

"मनसातला में ? नहीं तो घाट पर किसी नाव में। ऐसे ही कितनी रातें बिताता हूँ। ओह !...कितने दिनों से जमीन पर पाँव नहीं रखे इसने और आज इतना लंबा रास्ता भागती हुई आई बेचारी !"

"मंदक, अब तू जा। श्मशान की आग दिखाई पड़ रही है। कल से खूब जमघट होगी।"

"ठीक है, जाओ।"

महाकाल चला गया। मंदक गमछा बिछाकर मनसा देवी के थान में लेट गया।

दो

सवेरा होते ही बनाए जाते रास्ते के दोनों किनारों पर ढोल बजने लगे। उद्घोषक चीखने लगे। "महाराज ! बल्लाल सेन को ! हड्डिका-दोष हुआ था हे प्रजाजन ! महापाप के अनुताप ने डँसा है, हे सभ्यजन !"

एक देहाती ने पूछा, "किसे साँप ने डँसा है ?"

"सर्प नहीं जी, अनुताप, अनुताप...पछतावे ने।"

"ऐं ! आजकल आदमी भी डँसने लगे हैं ?"

"अरे धुत् ! गँवार कहीं का ! कुछ समझता ही नहीं है। अरे ! जाओ, काम करने दो।"

"तो करो न काम। तुम क्या समझते हो मेरे पास कोई काम नहीं है। कलोर गाय भाग गई है। उसे पकड़ना नहीं है ?"

उद्घोषक चीखने लगा, "महाराज ! प्रायश्चित्त कर रहे हैं !"

"सुना है हड्डिका पत्नी राजा को छोड़कर भाग गई है। अब राजा गंगाजल

में टाँगें डुबाकर स्वेच्छा से मरने आ रहा है।" एक ने कहा।

"क्या कहते हो ? जब तक सिर नहीं डूबेगा पानी में भला कैसे मरेगा राजा।" दूसरे की टिप्पणी थी।

"उसकी तरफ से आया है तो अब उल्टा-सीधा कुछ बोलना तो है।"

उद्घोषक चालू था, "करन-उग्र-मागध-ताँती-बनिया-नाई-ग्वाला-कहार-तेली-कुम्हार-बर्तन बनाने वाला-शंखकार-दास-बारुजीवी-मोदक-सूत-राजपूत-तंबोली—ये बीस जातियाँ जैसी की तैसी बनी रहेंगी हे प्रजाजन !"

"बातें बनाना तुम्हारा स्वभाव हो गया है। मध्यम संकर की बात छोड़ दो। अंत्यज और अधम संकर की बात करो।"

"अधम संकर ! बल्लाली वर्ण-विभाजन, जाति-विभाजन में जो अंत्यज हैं, जैसे दूले, मालो, हाड़ी, वाउड़ी, चमार, पाटनी, कुड़ब, मलेग्रही, वे दूर रहें। राजा तथा उनके साथ के लोगों को मुँह न दिखाएँ। राजादेश है। इसे न मानने पर भयंकर दंड मिलेगा, हे प्रजाजन ! सब-कुछ ध्यान से सुनो और मानकर चलो हे !!"

किसी ने पूछा, "यह निषेध कितने दिन चलेगा ?"

"मैं क्या जानूँ ? अगर राजा धीरे-धीरे मरें तो अनेक दिन और अगर झट् से मर जाएँ तो थोड़े दिन। मगर क्या झट् से मरेंगे ? अस्सी बरस की आयु है। खूब खाया है, खूब भोगा है। प्राण क्या आसानी से निकलेंगे ?"

पवन रूखे स्वभाव का गुस्सैल आदमी है। उसने उद्घोषक से कहा, "बहुत बोल लिया जी ! अब चुपचाप विदा हो जाओ। सबने सुन लिया है।"

"आप कौन हैं जी ? जाति क्या है ?"

"अच्छी है बल्लाली व्यवस्था। पहले नाम पूछते थे, अब जात पूछते हैं।"

"जाति बताओ, हे सज्जन !"

पवन आगे बढ़ आया और दाँत पीसकर बोला, "पद्म मेरी बहिन है। जिस झील का पानी पी रहे हो, जिस पेड़ की छाँव में बैठते हो, सब उसी का कराया हुआ है। हड्डिका-दोष ? खूब ! राजा ने हाड़ी की बेटी को अपने बिछावन पर सुलाया क्यों ? जाओ, जाओ ! हम छह-सात गाँवों के लोग बीस बरस से यह बकवास सुन-सुनकर आजिज आ गए हैं।"

उद्घोषक को सहसा भान हुआ, वह शत्रुओं से घिरा हुआ है। हवा में विद्वेष और विद्रोह की गंध है। वह अचकचाकर बोल पड़ा, "पथाध्यक्ष ने आदेश दे दिया, हो गई छुट्टी। कहाँ भेज रहे हैं, किस गाँव में, यह भी तो बताना चाहिए था। हे सज्जन ! आप लोग क्रोधित न हों ! मैं तो एक मामूली चाकर हूँ।"

"तुम्हारे सज्जन कहने से तो मैं सज्जन हो नहीं जाऊँगा। मैं तो दुज्जन हूँ। एक तो मेरी बहिन को उठवा लिया। अब उन्हें इसी के लिए हाड़ी-दोष लगा है। नाव लेकर आएँगे, लड़की उठा ले जाएँगे, नगर में दासीहाट में बेच देंगे, ऊपर से

जात का दोष भी लगेगा। हम तो नगरी कूटनीति जानते हैं नहीं। चलो, जाओ यहाँ से।''

उद्घोषक के चले जाने के बाद नारद ने पवन से कहा, ''और कुछ सुनाना चाहिए था। राजा हमारा मुँह नहीं देखना चाहते तो हम ही कौन उनका मुँह देखने को मरे जा रहे हैं ? पूछना था कि हम, नौ अंत्यज जाति के लोग, अपना काम-काज छोड़कर कहाँ चले जाएँ ? नाव से नदी पार कराने के लिए पाटनी चाहिए, जूते बनाने को चमार चाहिए। कौन जात है, जो किसी-न-किसी काम नहीं आती ? नाव छूने से जात नहीं जाती ? जूते पहनने से भी जात नहीं जाती ? फिर...''

''तुमने यह सब सुनाया क्यों नहीं ?''

''यही तो दुःख की बात है। सारी काम की बातें मुझे बाद में याद आती हैं।''

''ठीक है। अब जाओ। अपने काम पर जाओ।''

पवन गुस्से से पागल घर पहुँचा। माँ से बोला, ''पद्म आएगी तो मैं उसे अपने घर में रखूँगा।''

''किसी ने तुझे मना किया है ?''

ब्राह्मण-क्षत्रिय-वैद्य-कायस्थ तो नहीं कि जरा-सा ऊँच-नीच होते ही औरत को घर से बाहर कर दिया। या फिर भयंकर दंड दिया। बल्लाल सेन के वर्ण-विभाजन ने 586 बंगाब्द में भी समाज के कामकाजी लोगों को प्रभावित नहीं किया था।

वे जीवन के सहज और स्वाभाविक नियमों को मानकर चलते थे। विधवा होने पर स्त्री फिर विवाह करती थी। कोई परपुरुष जबरदस्ती उठाकर ले जाए तो स्त्रियों को समाज-च्युत नहीं किया जाता था। विधवाएँ भी मांस-मछली खाती थीं। उनके लिए राजा बल्लाल सेन को लगा 'हड्डिका-दोष' एक पहेली थी। पद्म सुंदरी थी। गोरी नहीं थी। शस्यश्यामला पृथिवी की तरह तेजस्वी और लावण्यमयी कृष्णा सुंदरी थी। पवन पहले कभी-कभी बहिन से मजाक में कहता, ''ओह ! काले घड़े में से पानी छलककर गिरा जा रहा है। हमेशा जैसे डगमगाती रहती है। मंदक से कहूँगा—तुझे वश में रखे।''

उसी लड़की का अपहरण करके बिस्तर दिखाने के बीस साल बाद अब अनुताप हो रहा है ? वह भी तब, जब वह छोड़कर चली गई है ? इसका मतलब ?

पवन ने अपनी पत्नी से कहा, ''जल्दी से भात बना दे। अभी नहाकर आता हूँ।''

पत्नी ने कहा, ''माँ का जी अच्छा नहीं है।''

''तेल दे।''

माँ बाहर आई।

बोली, ''तू भी कैसा आदमी है रे ? वह तुझे सबसे छिपाकर सोने के निष्क

देती थी। उसी से ऐसी झील, ऐसी हाट बनी। तूने घर बनवाया, गाय-बैल खरीद ...कितना किया है उसने।''

''माँ, देखो, झंझट मत करो।''

''क्या हुआ उसका ? मेरा मन कहता है, वह घर आना चाहती है, साहस नहीं हो रहा।''

''देखो, जब से सुना है कि वह राजा का घर छोड़ आई है, तभी से हम कई लोग मशाल लेकर उसे सारी-सारी रात खोजते हैं। अभी थोड़ा खाकर सोऊँगा। तुम्हारा घनघनाना अच्छा नहीं लग रहा।''

मुँह बिचकाकर माँ गोहाल में चली गई। बीस बरस से सभी उसका सम्मान करते रहे हैं। ओब्बाबा ! उसकी बेटी राजा की प्रेमिका है। अब क्या कहेंगे लोग ?

पवन ने माँ को सुनाकर पत्नी से कहा, ''सुनो जी, घर में आकर उसे रहना है तो रहे। खटेगी और खाएगी। मंदक यदि ब्याह करे तो और भी अच्छा !''

पवन खाकर लेटा नहीं, निकल गया। जाते-जाते मुड़कर कह गया, ''बूढ़ा गंगातीर पर मरने आ रहा है। अंत्यज भूल से भी नदी के किनारे न जाएँ।''

''क्यों ?''

''ढोल बजाकर राजा के आदमी कह गए हैं, हमारी हवा लग गई तो फिर उस पर पाप सवार हो जाएगा।''

राजधानी से गंगातट तक का रास्ता समतल और चिकना था। बड़ी-सी सोनेमढ़ी पालकी पर राजा बल्लाल सेन स्थिर और निश्चल पड़े थे। रोग-शोक से जीर्ण देह में प्राण क्यों अटके हुए हैं ? साँस अभी भी क्यों चल रही है ? जिन ब्राह्मणों ने उनकी ऐसी शारीरिक दुरवस्था में भी उनसे प्रायश्चित्त करने को कहा है, जिन्होंने महारानी से गाय, भूमि, सोना, असंख्य दासियाँ और दुर्लभ वस्त्र, साथ में काँसे और चाँदी के बर्तन दान में लिए हैं—वे ही पालकी के आगे-आगे मंत्रोच्चार करते चल रहे हैं।

बल्लाल सेन ने बांग्ला भाषा का उपहास करके संस्कृत को उच्च आसन दिया था। ब्राह्मण को सर्वोच्च स्थान देकर ब्राह्मण-तंत्र की प्रतिष्ठा की थी। सभी कुछ तो इहजीवन में किया। अब क्यों उन्हें लगता है, वह सब किसी और ने, किसी और जीवन में किया था।

महाराज आँखें मूँदे हुए हैं। आनंदाचार्य रह-रहकर उनके मुँह में गंगाजल डाल रहे हैं, कह रहे हैं, ''पी लीजिए, महाराज ! प्रायश्चित्त द्वारा स्वर्ग का रास्ता निश्चय ही सुगम होता है। किंतु गंगा में आधा डूबकर प्राणत्याग करने से तो स्वर्गप्राप्ति सुनिश्चित है। तब तक प्राण धारण किए रहिए। गंगातट आने ही वाला है।''

होंठ खोलकर जल पीकर बल्लाल सेन सूचित कर रहे हैं कि वे सज्ञान हैं,

सचेतन हैं।

महाराज ब्राह्मणों द्वारा किया जाता मंत्रोच्चार सुन रहे हैं। संस्कृत ! उन्होंने स्वयं भी तो देवभाषा में ही 'आचार-सागर', 'प्रतिष्ठा-सागर' और 'दान-सागर' नामक रचनाएँ की हैं। दस वर्ष पहले, जब वे पद्मिनी के प्रणय में आकंठ डूबे हुए थे, तब 'अद्‌भुत-सागर' नामक ग्रंथ की रचना आरंभ की थी।

वह पुस्तक अभी समाप्त नहीं हुई है। पुत्र लक्ष्मण सेन ने उन्हें सूचित किया था कि उस पुस्तक को वे पूरा करेंगे। किंतु जो पुत्र पिता पर नाराज होकर विद्रोही हो गया है, वह क्या अपना वचन पूरा करेगा ?

लक्ष्मण सेन ने पिता को क्षमा नहीं किया था। लक्ष्मण की माता की आँखों में भी क्षमाभाव न था।

वैद्य ने पूछा था विनय के साथ, "ऐसे शरीर के साथ क्या महाराज प्रायश्चित्त पूर्ण कर सकेंगे ? इतना कष्ट पा रहे हैं ? इससे क्या प्रायश्चित्त नहीं हो रहा ?"

महारानी के कंठहार की मध्यमणि की तरह उनकी दोनों आँखों की पुतलियाँ भी जल रही थीं। होठों की रेखाएँ वक्र थीं, कठोर। वक्र हँसी के साथ सूखे स्वर में उन्होंने कहा था, "महापाप किया है महाराज ने। समूचे राढ़देश और बंगदेश में सेन राजवंश को उपहास का पात्र बना दिया है। राजगुरु भीम ओझा अपना गाँव छोड़कर देशांतर क्यों गए ? हमारा योग्य पुत्र क्यों अपने पिता का मुँह नहीं देखना चाहता ?"

एक पल रुककर फिर तीव्र स्वर में महारानी ने कहा, "मैं ही क्यों अपने स्वामी को त्यागकर पुत्र के आश्रय में चली गई थी ?"

एक बार फिर दो पल रुककर नीचे, शून्य हाहाकर से भरे गले से महारानी ने कहा, "आज मेरे पुत्र की आयु साठ वर्ष की है। वह पितामह बन गया है। मैं प्रपितामही हो गई हूँ। आज मेरे पुत्र की जो आयु है, उसी आयु में महाराज ने एक षोडशी हड्डिका को अपने मन-प्राण की अधीश्वरी बनाया, भले ही विवाह नहीं किया। वही स्त्री जब राजसुख को लात मारकर चली गई, तब महाराज की आँखें खुलीं ? महाराज पूर्ण प्रायश्चित्त करेंगे, यह जानकर ही मैं यहाँ आई हूँ। यदि न करें तो मैं चली जाऊँगी।"

बल्लाल सेन ने क्षीण, फिर भी स्पष्ट उच्चारण के साथ कहा, "वैद्याचार्य ! मैं पूर्ण प्रायश्चित्त करूँगा। मुझे अब कोई औषधि नहीं चाहिए। मैं...मैं अब मरना चांहता हूँ।"

महारानी ने आनंदाचार्य को बुला भेजा। दरवाजे की ओट से बोलीं, "पुन्नाम नरक से महाराज को बचाइए। षोडशवदी चांद्रायन व्रत कराइए।"

"दीर्घ उपवास...देहकष्ट..."

"सहना ही होगा। साथ में मैं भी उपवास करूँगी।"

"गंगाजल छोड़कर कुछ भी नहीं लूँगा, अन्यथा..."

"क्या कह रहे हैं, महाराज ?"

"अन्यथा सेन राजवंश कालिमामुक्त नहीं होगा। मेरा पुत्र पिता का कलंक माथे पर लेकर सिंहासन पर नहीं बैठना चाहता। आप देश के श्रेष्ठ ब्राह्मणों को बुलवा लें।"

फिर विद्रूप भरे स्वर में बोले, "इस समय राजकोष में स्वर्ण मुद्राओं का तो कोई अभाव नहीं है।"

नहीं, राजकोष में स्वर्ण का तनिक भी अभाव न था। बल्लाल सेन की पालकी धीरे, बहुत धीरे चली जा रही थी। शरत की प्रखर धूप में असह्य ताप था। पालकी पर फूस की छाजन थी। उस पर रह-रहकर पानी के छींटे दिये जा रहे हैं, जिससे राजा के शरीर को ताप न लगे।

मुँदी आँखों से वे बीस बरस पहले के बल्लाल सेन को देख रहे हैं। पालकी के आगे-आगे ऊँचे स्वर में संस्कृत मंत्रों का उच्चार हो रहा था। मगर बल्लाल सेन के कानों में पद्मिनी का तीखा, विद्रूप भरा स्वर गूँज रहा है; वह भी बांग्ला में।

"पाव मत छूओ, राजा।"

"दया करो, पद्मिनी !"

"तुमने कब, किस पर दया की है जी, जो हाड़ी लड़की से दया की भीख माँग रहे हो ? सुवर्णवणिकों के साथ तुमने कैसा व्यवहार किया था? उन पर दया क्यों नहीं की ?"

"वे तो तेरी जाति के न थे।"

"मेरी भी कोई जात है ? मैं तो तुम्हारी रखैल हूँ, जिसे जलपात्तर कहते हैं, वही।"

"उस तरह तो तुझे रखा नहीं ?"

"किस तरह रखा है ? रानी बनाकर ? तुमने यह सब क्यों किया, वह भी नहीं जानती। डोम, हाड़ी, मोची, चंडाल जिस जात की भी सुंदरी युवती हो, देखते ही सदा से तुम उठा लाते रहे हो। हुँह ! जात ! आज तुम बूढ़े और अशक्त हो गए हो। पत्नी-बेटा सब तुम्हें छोड़ गए हैं, इसी कारण इतने कातर हो रहे हो न ? क्यों ?"

"तेरे लिए ही सबको छोड़ा मैंने।"

"तुम्हारे कारण मेरा क्या कम नुकसान हुआ है ?"

एक पल बाद पद्मिनी ने कहा, "मेरी उमर सोलह साल थी। मेरा ब्याह होता, बाल-बच्चे होते, घर-संसार होता, होने दिया तुमने ?"

राजा चुप।

"जितना भी रोओ, पर क्या बीस बरस पहले का मेरा जीवन तुम लौटा दे सकते हो, नहीं लौटा सकते न ? मेरे ऊपर दया नहीं की तुमने। दया करना तुम जानते ही नहीं।"

पालकी सोने से मढ़ी हुई थी। ब्राह्मणों को छोटी-छोटी सोने की गाएँ दान में दी थीं बल्लाल सेन ने, पर सुवर्णवणिकों पर जरा भी दया नहीं आई थी उन्हें।

सुवर्णवणिकों के पास सोना था। सेठ वल्लभानंद ने राजा बल्लाल सेन को एक करोड़ निष्क उधार दिए थे। राजाओं को युद्ध करना होता है। रणनीति, कूटनीति, समाज-नीति—सभी कुछ जानना होता है। बल्लाल सेन ने भी कई युद्ध किए थे।

पहला ऋण चुकाए बिना ही बल्लाल ने फिर स्वर्ण-निष्क उधार माँगे। वल्लभानंद समझ गए कि बल्लाल कभी भी यह सोना नहीं लौटाएगा और वल्लभानंद चाहे जितने बड़े सेठ क्यों न हों, कभी यह सोना लौटाने को नहीं कह सकेंगे।

"वल्लभानंद ! तुम्हारा दामाद मगध का राजा है। तुम सामर्थ्यवान थे। दूसरी बार सोना माँगा तो तुमने कहा था, 'दे सकता हूँ, यदि हरिकेली इलाके का राजस्व मुझे दे दिया जाए।' "

जिस आदमी से वल्लभानंद ने यह बात कही, वह राजा बल्लाल सेन भयंकर क्रोधी था। बदला लेने का उसका अपना तरीका था। आज राजस्व माँगता है। कल राज्य माँगेगा। "तूने मुझे निर्दयी कहा, पद्मिनी ? तुझसे प्रेम करके जो बल्लाल सेन पागल हो गया, वह निर्दयी और निष्ठुर न था।"

मगर जिस बल्लाल सेन से वल्लभानंद ने हरिकेली का राजस्व माँगा था वह तो कोई और ही बल्लाल सेन था। उसने सुवर्णवणिकों का सारा धन-रत्न-सोना उनसे छीन लिया। फिर, यह जानते हुए कि वे यह निमंत्रण स्वीकार नहीं करेंगे, उसने सत्‌शूद्रों के साथ एक ही पंगत में बैठकर भोजन करने का निमंत्रण भेजा क्षुवर्णवणिकों को। सुवर्णवणिकों ने उस निमंत्रण को स्वीकार नहीं किया तो क्रोधित राजा बल्लाल सेन ने सुवर्णवणिकों का जाति-स्तर नीचा कर दिया। शूद्र और सुवर्णवणिक एक स्तर के माने गए। भयंकर क्रुद्ध होकर सुवर्णवणिकों ने दासो-भृत्यों को अधिक-से-अधिक दाम देकर खरीदना शुरू किया।

"दासों के श्रम से ही राज्य चलते हैं, पद्मिनी !" उच्च वर्णों को दास नहीं मिलते थे। राज्य में हाहाकार मच गया। तब भयंकर संकल्प करके राजा बल्लाल सेन ने बंगाली समाज को नए साँचे में ढाला। विद्रोह के बाद से हीन समझे जाने वाले कैवर्त उच्च समाज में आ गए।

कैवर्त नेता महेश को महामांडलिक बनाया गया।

माली, कुम्हार और कहार जाति को सत्‌शूद्र के स्तर पर उन्नत कर दिया गया।

राजा ने एक नए 'नवशाख' समाज का प्रवर्तन किया। सुवर्णवणिकों के लिए उपवीत (जनेऊ) ग्रहण करना वर्जित हो गया। यह वही बल्लाल है, जिसने ब्राह्मणों को सर्वशक्तिमान बना दिया।

उसने कुलीन प्रथा का समारंभ किया।

भीम ओझा ने कहा था, "इसका फल क्या अच्छा होगा ?"

तब बल्लाल सेन ने क्रूरता के साथ हँसकर कहा था, "जाति-वर्ण के इतने भेदोपभेदों का परिणाम तो विषाक्त होगा ही, किंतु इस समय यही करना मेरे लिए सुविधाजनक है। इसीलिए किया है।" राजकोष में सुवर्णवणिकों का सोना भरा था।

"मेरी महारानी ने कहा, 'आपके सैनिक आक्रमण करते हैं और सुवर्णवणिकों की स्त्रियाँ आर्त्त चीत्कार करती हैं, मैं सुनती हूँ उनका रुदन। रमणी की आँखों का जल और उनका दिया हुआ अभिशाप बड़ा अशुभ होता है। आपने तो महाभारत पढ़ी है ?' "

उस बल्लाल ने कहा था, "जो तय किया उसे कर दिखाया मैंने। अब ग्रंथ-रचना करके इस वर्ण विभाजन को स्थायी कर जाऊँगा।"

महारानी ने रोष के साथ कहा था, "इसका परिणाम अच्छा न होगा। लोग आपको अभिशाप दे रहे हैं।"

"सुनो पद्मिनी, लक्ष्मण सेन की माता सदा की भाँति उद्धत और अनमनीय रहीं।"

कहारों ने पालकी उतार दी।

आनंदाचार्य ने कहा, "महाराज ! संध्या समागत है। अब हम विश्राम करेंगे।"

बल्लाल सेन ने सिर हिलाया। फिर क्षीण स्वर में कहा, "पालकी को चलने दीजिए...मेरे पास...समय बहुत कम है।"

कहारों ने कंधे बदल लिए।

"पालकी को चलने दो।"

राजा उनका स्वर सुन पा रहे हैं।

प्रधान पथरक्षी ने कठोर स्वर में आनंदाचार्य से कहा, "आपके कहने से ही तो असंभव संभव नहीं हो जाएगा। नए वाहकों को यहाँ तैयार रहना था। वे हैं तो, किंतु अभी भोजन कर रहे हैं। उनके आते ही पालकी चल पड़ेगी।"

बल्लाल सेन की समझ में आ गया कि इस समय वे इन साधारण कर्मचारियों के लिए मर चुके हैं। अन्यथा उनके कान के पास ऐसी बातें करने का उन्हें साहस होता ?

जो बल्लाल कुलीन प्रथा का प्रवर्तक था, जिसने ब्राह्मणेतर समाज में वर्ण-जाति विभाजन करके छत्तीस जातियाँ बनाईं, वह राजा इस तरह उसे सुनाकर कोई कुछ कहे, यह बात सहन नहीं करता। प्राणदंड दे देता।

महापराक्रमी बल्लाल सेन तो उसी दिन मर गया, जिस दिन उसने तुम्हें देखा, पद्मिनी !

महारानी से कहा था कि मैं लक्ष्मण सेन को विपन्न करके जा रहा हूँ।

वह समझती ही नहीं कुछ। कर्मी श्रेणी को, जिनकी कार्यकुशलता पर और दैहिक श्रम पर, राज्य चलता है, कितनी सूक्ष्मता से विभाजित करके जा रहा हूँ मैं।

वे परस्त पर एक-दूसरे पर अविश्वास करेंगे। ऐक्यबद्ध नहीं हो सकेंगे। जो श्रम करते हैं उनकी एकता बड़ा भयंकर अस्त्र है।

जैसा कि कैवर्तों के विद्रोह के समय हुआ था। मैं समाज की कमर तोड़कर जा रहा हूँ। अब कोई विद्रोह न होगा। रात आ गई है। ठंडी हवा अच्छी लग रही है। कोई बड़े जतन से मेरे पाँव उठाकर नई चादर बिछा रहा है। लगता है, अज्ञात में ही मैंने मूत्र-त्याग किया है।

हाय ! मैं क्यों जीवित हूँ ?

प्राण ! अब तुम जाओ।

निःश्वास ! अब तुम बंद हो जाओ।

हृदय ! अब सो जाओ।

आँखें ! अब पद्मिनी का मुख मत ढूँढ़ो। वह नहीं आएगी। किस बात का प्रायश्चित्त महारानी ? पद्मिनी मेरे पास होती तो एक बार फिर मैं जी जाता।

कहारों ने फिर पालकी उठाई।

प्रधान पथरक्षी ने पूछा, ''रास्ते के किनारे मशालें जल रही हैं न ?''

''जी हाँ ! मान्यवर ! पथ चिकना है, आलोकित भी, सिर्फ देखकर चलिएगा तनिक। शरत की ओस को मनसा देवी के वाहन बहुत पसंद करते हैं।''

पालकी चलती रही।

कूलक गाँव के ब्राह्मण मंत्रोच्चार कर रहे थे, किंतु बल्लाल सेन अब संस्कृत सुनना नहीं चाहते।

पद्मिनी तो संस्कृत नहीं जानती थी। गंगा अब कितनी दूर हैं ?

पद्मिनी ! पद्मिनी ! पद्मिनी ! यह कैसा निष्ठुर दंड दे गई तुम मेरे अंतिम काल में ?

मुझे स्वीकार करना पड़ा कि तुझे अपने लिए छीनकर मैंने पाप किया है।

महारानी ने पूछा था, ''किसके लिए उन्मत्त हो गए थे, महाराज ? हड्डिका का इतना साहस कि आपको छोड़कर चली गई ? आपने उसे नहीं छोड़ा, वह

आपको छोड़ गई, इस अपमान से मैं जली जा रही हूँ।"

आह ! पद्मिनी ! तुझे जब पहली बार देखा था !

तीन

बीस बरस पहले मुझे राजगद्दी मिली थी। आयु थी साठ बरस, किंतु अपने पुत्र लक्ष्मण सेन की तुलना में, जिसकी आयु तब चालीस बरस थी, मैं अधिक जवान और देह की गठन तथा बल में कहीं श्रेष्ठ था।

अपरिमित भोजन करता था।

प्रतिदिन मल्लयुद्ध करता था।

तैराकी, असियुद्ध, अश्वारोहण मेरे दैनंदिन के अभ्यास थे।

कटिवस्त्र पहनकर स्वर्णपीठिका पर लेटता और दासियाँ कोमल हाथों से मेरी देह में तेल मलतीं।

अनेक रानियाँ थीं, अनेक दासियाँ, अनेक उप-पत्नियाँ, जिनका मैं उपभोग करता था।

भोग की इच्छा शांत ही न होती थी।

महारानी प्रासाद के अपने भाग में रहती थीं।

विशेष अवसरों पर मैं उनके कक्ष में मात्र भोजन करने जाता था।

इसी बीच एक दिन तू आई, पद्मिनी !

नंदसेन ने आकर कहा, "महाराज ! आपके लिए एक अपूर्व दासी लाया हूँ। जानता हूँ, गोरे रंग और कोमल चमड़ी से आपको अरुचि हो गई है। अब लीजिए, स्वाद बदल लीजिए।"

"कहाँ है ?" पूछा था बल्लाल सेन ने।

"विलास-कक्ष में।"

"ले आओ।"

"आएगी नहीं, रो-धो रही है।"

"सभी पहले-पहल ऐसे ही रोती हैं। आभूषण पाते ही चुप हो जाती हैं। ले आओ उसे।"

बल्लाल सेन ने गरजकर कहा।

प्रधान दासी भागकर राजा के कक्ष में आई। तभी रुलाई के साथ एक स्त्री का तीव्र कंठ-स्वर सुनाई पड़ा, "राजा के बुलाने पर जाना ही होगा, क्यों ? अपने राजा को यहीं पर लाओ। 'तू' कहकर पुकारने से पद्म हाड़िनी नहीं दौड़ती।"

यह सब बल्लाल सेन के लिए नई बात थी।

अभिनव ! कौतूहलप्रद !

ऐसी ग्रामीण भाषा में तो राजभवन में कोई बोलता नहीं।

बल्लाल सेन ने, मदिरा का पात्र हाथ में लिए हुए, विलास-कक्ष में प्रवेश किया।

अचानक मदिरा-पात्र उनके हाथ से छूट गया।

श्रावण के धान-खेत की तरह सतेज, अपरूप सुंदरी थी वह कृष्णांगी युवती। साड़ी ऊँची करके पहने हुए थी। केशों की खूब खींचकर वेणी बँधी थी।

देह की चमड़ी तैलीय और चिकनी थी, शरीर जैसे काले पत्थर की यक्षिणी। रोष से लाल आँखों में आँसू भरे वह कह रही थी, "तुम्हीं हो इस देश के राजा बल्लाल सेन ?"

"हाँ !"

"तुम राजा नहीं, डाकू हो।"

कौतूकपूर्वक हँसते हुए बल्लाल सेन ने कहा, "डाकू तो कोई नहीं कहता मुझे।"

"डाकू नहीं तो और क्या हो तुम ? मैं अपने गाँव के गंगाघाट पर खड़ी थी...मंदक आने वाला था...मैं प्रतीक्षा कर रही थी उसकी...छल करके क्यों मुझे नाव में चढ़ा लिया तुम्हारे आदमियों ने ?...मेरी माँ कितना रो रही होगी...भाई तो मेरे बिना पागल ही हो गया होगा...और मंदक...मुझे घर जाना है।"

"यह घर क्या बुरा है ?"

"और नहीं तो क्या ? चलने में पावों में चोट लगती है। मिट्टी के घर में चलना कितना आरामदेह है ? मेरा अपना घर अच्छा है। बोलो, जाने दोगे ?"

"रात में जाएगी कैसे ?"

बल्लाल सेन को अच्छा लग रहा था, बहुत ही अच्छा। बातें करती हुई पद्मिनी उनके थोड़ा निकट आई तो एक आश्चर्यजनक गंध उनके नथनों में भर गई।

ऊसर जमीन पर वृष्टि पड़ने से जैसी गंध फैलती है। उसके बालों में नारियल-तेल की गंध थी और देह में ? लगता है सरसों के तेल की गंध है। श्रम से कठोर, सख्त गठनवाली नारी-देह। राजा के लिए वह एक नई अभिज्ञता थी, अजानी अभिज्ञता।

"तो फिर नहीं जाने दोगे ?"

"लड़की ! तुम मुझे अच्छी लग रही हो ।"

"मुझे तुम अच्छे नहीं लग रहे हो। आगे मत बढ़ना। तनिक भी आगे बढ़े तो मैं..."

"क्या करोगी ?"

"जँगले में से कूद जाऊँगी।"

सचमुच वह दौड़कर जँगले से कूदने ही वाली थी कि राजा बल्लाल सेन ने उसे पकड़ लिया।

द्वार के बाहर से प्रधान दासी ने पूछा, ''क्या हुआ ?''

''देखो तो, गिरी पड़ रही है। संभवतः बेहोश हो गई है।''

''कल से पानी की बूँद तक नहीं ली है इसने।''

''तुम्हें सौंप रहा हूँ। इसकी देख-भाल करो। सेवा-यत्न करो।''

पद्म को बड़े जतन से सुला दिया राजा ने। पद्म की देह के स्पर्श से जैसे बिजली-सी दौड़ गई नसों में, उसकी गंध ने मुग्ध कर दिया बल्लाल सेन को।

''उसे तंग न करना। जो भी चाहे देना।''

''रेशमी वस्त्र पहनना ही नहीं चाहती।''

''तो उसे सूती कपड़े दो।''

''महल के व्यंजन खाती ही नहीं।''

''जो खाए, वही दो।''

''सुगंधित तेल नहीं लगाना चाहती।''

''जो भी तेल लगाए वही देना।''

छह महीने तक पद्म ने राजा को पास नहीं फटकने दिया।

जरा सी बात पर खाना-पीना छोड़ देती।

बिना खाए जमीन पर लेटी रहती।

बल्लाल सेन सिर पर हाथ रखे सामने बैठे रहते।

पता नहीं कैसे एक दिन समझ गई कि यहाँ अंदर आया जा सकता है, पर बाहर नहीं निकला जा सकता।

उसने प्रधान दासी को बुलाकर कहा, ''अपने बेटे को बुलाओ।''

''उसे क्यों ?''

''जो कहती हूँ, करो।''

प्रधान दासी के लड़के का नाम किशोर है। उमर पद्म के आस-पास की ही होगी। किंतु वह देखने में छोटा लगता था। सत्रह साल की युवती पूरी औरत लगती है, जबकि सत्रह साल का युवक उसके मुकाबिले अल्पवयस्क लगता है।

''वह अभी-अभी गाँव से आया है...''

''तुम बहुत बक-बक करती हो।''

किशोर डरता हुआ आकर खड़ा हो गया।

''इधर आओ, मेरे पास।''

एक मुट्ठी स्वर्णमुद्रा देकर पद्म ने उससे कहा, ''देखो उत्तर दिशा में जाना। नाव से एक रात लगती है।

''कहना मल्लहाट जाना है। घाट है वहाँ। घाट पर उतरकर कहना पवन हाड़ी

के घर जाना है। देखोगे, घर के सामने एक बहुत बड़ा सेमल का पेड़ है।''

''समझ गया।''

''बड़ा-सा गाँव है। धर्मठाकुर का मेला लगता है वहाँ। उस पार कनसठ गाँव है। वहाँ मनसा-भसान होता है। चैत्र से भाद्र तक कितने ही मेले लगते हैं। घाघरकाटी, डोंगाग्राम, वटगोयाली—एक के बाद एक कितने ही गाँव हैं। बटगोयाली में मेरे मामा का घर है। घाघरकाटी गाँव के सनातन हाड़ी की बेटी विशालाक्षी के साथ मेरे भैया का ब्याह होगा। तुम्हें एक काम करना होगा। उसके लिए एक निष्क पाओगे। समझ गए ?''

''बताइए, क्या करना है ?''

''मेरे भैया को आड़ में ले जाकर उससे कहना, तुम्हारी बहिन अब नहीं आ सकेगी। राजा मुझे झील में उतरने नहीं देता, बाग में घूमने नहीं देता, सदा आँखों के सामने रखता है। कहना, राजा अच्छी तरह जानता है कि इतनी-सी फाँक पाते ही मैं भाग जाऊँगी।''

''और क्या कहूँगा ?''

''कहना कि भैया...उससे कह दे कि...कि वह मुझे भूल जाए...''

''वह कौन ?''

''इससे तुम्हें क्या ? कहना, वह कूँदूली से व्याह कर ले। बस नाम ही कूँदूली है कूँदूल (कोहराम) नहीं मचाती। बड़ी भोली है। और ये निष्क मेरे भाई को देना। कहना—गाय-गोरू खरीद ले। गोहाल और घर ठीक कर ले। छप्पर पर नया फूस डलवा ले। कपड़े और बर्तन खरीद ले। चावल के दिनों में चावल खरीद ले। भैया सब जानता है। यदि मेरे बारे में पूछे तो कहना—मैं निरुपाय हूँ। कहना—माँ को रोने न दे। और माँ के लिए महाकाल की माँ के पास से दवा लाया करे। और वे लोग जो कहें, मुझे आकर बताना।

''यह निष्क लो, तुम्हारा है।''

''यह तो सोना है ?''

''लौटकर आओ, और दूँगी।''

लौटकर आया किशोर। उसने बताया, पवन खूब रोया था। बहुत देर तक रोता ही रहा। कहा उसने, जब बहिन आएगी तभी घर का दरवाजा खोलेगा। ''आपकी माँ ने आपके लिए यह ताबीज, कंघी, चोटी, साड़ी दी है।''

''और उसने ?''

''वह संन्नासी (संन्यासी) होकर निकल गया है।''

''अच्छा ! तुम अब जाओ। कभी-कभी तुम्हें इसी तरह भेजूँगी। भैया ने तुम्हारा आदर-सत्कार किया था ?''

''पहले तो नदी के किनारे बैठकर खूब रोये। फिर बोले, 'यह सोना राजा ने

तो नहीं भेजा, बहिन का दाम समझकर ?' मैंने उनके पाँव छूकर कहा, कोई इसके बारे में कुछ नहीं जानता। तुम्हारी बहिन ने सबसे छिपाकर दिया है। फिर वे मुझे अपने घर ले गए। तुम्हारी माँ ने भात खिलाया और भैया मुझे नाव पर चढ़ा गए।"

"संन्नासी हो गया..."

"हाँ ! सबने बहुत खोजा, पर...शायद दूसरे देश चला गया।"

"हाँ किशोर ! सुन लिया।"

पद्म अपने कक्ष में जाकर लेट गई।

प्रधान दासी को बुलाकर कहा, "मुझे उठाना नहीं। कोई भी उठाए, मैं नहीं उठूँगी। भोजन भी नहीं करूँगी।"

दिन-भर वह सोई रही।

फिर उठकर प्रधान दासी से कहा, "रोशनी कर दो।"

"मुझे मौसी कहकर बुलाओ न, पद्म !"

"तुम दासी हो। दासी की तरह रहो। रोशनी करो। कमरे की सफाई करो और...और महाराज को खबर दो—मैंने उन्हें बुलाया है।"

प्रधान दासी अवाक् रह गई।

प्रेमातुर बल्लाल सेन जूते उतारकर दबे पाँव भीतर आए। प्रेम के अलावा कोई और शुद्ध जैविक अनुभूति होती तो पद्म का कौमार्य तब तक अक्षत न रहता।

पद्म ने उस दिन डोरिया साड़ी पहनी थी। बालों में अच्छी तरह नारियल का तेल लगाकर चोटी बाँधी थी। आराम से पलंग पर बैठी हुई थी।

"दीया बुझा दो।" पद्म ने कहा।

दीया बुझाकर बल्लाल सेन ने पद्म के शरीर का अवगाहन किया, तब समझ में आया कि इतने देशों पर विजय, इतनी ग्रंथ-रचना, ब्राह्मण-तंत्र की प्रतिष्ठा—यह सब केवल एक यात्रा थी पद्म तक पहुँचने की खातिर।

"कभी तुझे छोड़ूँगा नहीं।"

"छोड़ने दूँगी ही क्यों ?"

"तू पद्म नहीं, पद्मिनी है।"

"अच्छी बात है ! तुम मुझे चाहते हो न ?"

"हाँ, केवल तुझे।"

"तो फिर इतनी रानियाँ किसलिए पाल रखी हैं ?"

"राजा को अनेक विवाह करने होते हैं।"

"किंतु मेरी भी कुछ शर्तें हैं।"

"क्या ? बोल, जल्दी बोल, पद्मिनी !"

"मुझे आज के बाद कभी पद्म कहकर मत पुकारना।"

"नहीं पुकारूँगा।"

"अपनी पटरानी और दूसरी रानियों से कह देना, मैं सबसे ऊपर हूँ।"

"निश्चय।"

"मुझे रानी बनाओगे ?"

"बनाऊँगा, किंतु थोड़ा समय दो।"

"मुझे अलग घर चाहिए, अलग से दास-दासी। नगर से दूर।"

"सब कर दूँगा।"

"जिस दिन ढोल-ताशा बजाकर सबके सामने मुझसे ब्याह करोगे, उसी दिन तुम्हें असल मर्द समझूँगी ! ब्याह नहीं करोगे तो साठ बरस के बूढ़े के साथ मैं क्यों रहूँगी ? चली जाऊँगी।"

"नहीं, नहीं, पद्मिनी ! तुम्हें जाने नहीं दूँगा।"

"मैं जो कहूँगी, करोगे, मेरी देह छूकर कसम खाओ ?"

"करूँगा। मैं तेरा दास हो गया हूँ।"

"मेरे ऊपर किसी का हुकुम नहीं चलेगा।"

"ऐसा ही होगा।"

सब-कुछ ऐसा ही हुआ था।

नगर की सीमा के बाहर पद्मिनी का महल बना था।

लक्ष्मण सेन की माता ने कहा था, "सुना है, यह महल पद्मिनी हड्डिका के लिए बन रहा है ?"

"ठीक ही सुना है आपने।"

"राजमहल में अथवा विलास-कक्ष में क्या अँट नहीं पा रही थी वह ?"

"पद्मिनी स्वतंत्र है।"

"स्वतंत्र ?"

"मैं उससे विवाह करूँगा, उसे महारानी का पद दूँगा।"

"क्या कोई पंडित, कोई शास्त्र घाँटकर इसका अनुमोदन करेगा ?"

"देखा जाएगा।"

माता ने अपने पुत्र लक्ष्मण सेन को बुला भेजा।

पद्मिनी नए महल में सोने की पालकी पर बैठकर गई।

और बल्लाल सेन ने घोषणा की, वे पद्मिनी से विवाह करेंगे।

पालकी में लेटे बल्लाल सेन अपने अतीत को स्पष्ट देख पा रहे हैं। क्रोध में पागल होकर राजगुरु भीम ओझा ने कहा था, "एक इसी घोषणा से आपने अपनी सारी कीर्ति नष्ट कर ली। लोकदृष्टि में आप पतित हो गए।"

"शास्त्र ने कहा नहीं है कि स्त्री नीच कुल से भी ग्रहण की जा सकती है ? अनुलोम विवाह क्या शास्त्रसिद्ध नहीं है?" राजा ने तर्क दिया था।

"आपने समाज में आचरित वर्ण और जाति भेद को ढालकर उच्च वर्ण अंत्यज

जातियाँ बनाई हैं और राज्य के स्वार्थ में ही ऐसा किया है। क्या आप अनुलोम विवाह करेंगे तो समाज इसे सहन कर लेगा ? आज आप सुवर्णवणिकों को नीचे उतार रहे हैं तो क्या कल हड्डिक समाज को राजा का कुटुंबी बना पाएँगे ? और केवल विवाह नहीं, आप तो उसे पटरानी भी बनाना चाहते हैं ?'' फिर एक पल बाद निश्चयात्मक स्वर में कहा था, ''नहीं महाराज, नहीं।''

क्या प्रबल प्रतिरोध आया था ब्राह्मणों और वैद्यों की ओर से !

बल्लाल सेन ने सोचा था, वे राजा हैं, जो चाहेंगे कर सकेंगे।

किंतु बाधा आई, प्रबल बाधा।

क्रुद्ध, क्षुब्ध बल्लाल सेन को शांति मिलती अकेले पद्मिनी से।

वह कहती, ''वे सब चीखते हैं तो चीखने दो न। देखो, यहाँ आकर बाहर की बातें मत किया करो।''

''हड्डिका ! हाड़ी ! उन्होंने तुझे तो देखा नहीं।''

''देखेंगे भी कैसे ? मैं क्या सभी के सामने जाऊँगी ? बैठो, आराम करो।''

किशोर हँसकर कहता, ''मौसी ! तुम भी खूब हो। राजा को चाबी की तरह एक उँगली पर नचाती हो।''

''क्यों न नचाऊँ ? घुमाते-घुमाते बेदम करके एक दिन उठाकर फेंक दूँगी।''

''फेंक दोगी ?''

''जिंदा रहे तो देख लेना।''

पद्मिनी अपने सिर पर नारियल का तेल लगाती। देह में सरसों का तेल मलती और खली तथा राख से देह माँजती। अपनी झील में स्नान करती।

झील में से खुद अपने हाथों राजा के लिए पीने का पानी लाती। उच्च प्राकार से घिरे उद्यान में दासियों के साथ झूला झूलती।

दासियाँ डरतीं, अगर राजा ने देख लिया तो...

''हम सभी तो दूले, डोम, हाड़ी, चाँड़ाल जात की लड़कियाँ हैं। चुन-चुनकर तुम लोगों को लाई हूँ। तुम्हारे संग नहीं खेलूँगी तो किसके संग खेलूँगी ?''

उन्हें लेकर बागीचे में पौधों को पानी देती पद्मिनी। उनके हाथ पकड़कर पकड़म-पकड़ैया खेलती और इधर-उधर घूमती-फिरती।

बल्लाल सेन स्नेह से यह सब देखते। प्रकृति की लाड़ली थी पद्मिनी। ऐसे में वह स्वाभाविक लगती है। इसी सहजता और स्वाभाविकता को ही तो प्यार किया था राजा ने।

कहते, ''तू अपने बालों में, देह में और कोई तेल क्यों नहीं लगाती ?''

''लगाने की जरूरत भी क्या है ? तुम्हें तो यही गँवारू गंध पसंद है।''

तब भी पद्मिनी डोरिया साड़ी पहनती, पाँवों में पायल और कमर में करधनी पहनती।

"तो फिर मेरे साथ ब्याह नहीं करोगे न ?"

"देखता हूँ।"

ब्राह्मणों का घोर प्रतिरोध, अंतःपुर में महारानी का हाहाकार और अभिशाप। बल्लाल सेन भी पागल हो रहे थे। उन्होंने ऐसी घोषणा की ही क्यों कि पद्मिनी उनकी रानी बनेगी। शास्त्राचार के अनुसार विवाह हो या न हो पद्मिनी ने प्रधान रानी का पद तो पा ही लिया है।

इसकी भी कोई कम प्रतिक्रिया हुई थी।

राजगुरु भीम ओझा इस बीच नगर छोड़कर अपने गाँव चले गए थे। अब तो वे गाँव छोड़कर भी कहीं और चले गए हैं। अनेक ब्राह्मण राजधानी छोड़कर चले गए।

बल्लाल सेन ने हँसकर अपने अमात्य से कहा, "सुनो ! ये लोग जहाँ भी गए हों, इनकी वृत्ति उसी स्थान पर इन्हें भेजते रहो।"

और पटरानी रामादेवी ने एक दिन कहा था, "एक हड्डिका के साथ अपनी पद-मर्यादा बाँटनी होगी, इसी के लिए हमारे पिता ने हमारा विवाह आपके साथ नहीं किया था।"

"तुम्हारी स्वाधीनता पर तो कोई प्रतिबंध नहीं लगाया मैंने ?"

"कौन सी स्वाधीनता, महाराज ? राजकुलवधू होकर आने पर सारा जीवन अपने पति का संग-साथ मिलता है। कभी नहीं भी मिलता है। अलंकार, विलास-सामग्री, दासी—यह सब तो उसे जरूर मिलता है। मैं थोड़ा सौभाग्यशालिनी हूँ कि आपके पुत्र की माता बनी।"

"पुत्र तुम्हें मानता भी है।"

"हाँ, किंतु पद-मर्यादा में एक हड्डिका और उसकी माता समान हैं—यह जानने के बाद वह देखेगा कि उसकी माता क्या करती है ?"

"तुम क्या करोगी, महारानी ?"

"मैं आपको त्याग करके जा रही हूँ। पद्मिनी को ही पटरानी का काम करने दीजिए। इस हाड़ी लड़की की उँगली के इशारे पर उठते-बैठते हैं। यदि उसके पुत्र होता तो, संभव है, राज्य भी उसे दे देते। उसे लेकर आप जिस तरह उन्मत्त हो रहे हैं, उससे तो ऐसा ही लगता है।...ऐसा क्या है उस पद्मिनी में कि पाँच बरस बीत जाने पर भी उसके लिए आपका पागलपन कम नहीं हो रहा है ?"

"तुम नहीं समझोगी।"

"संभवतः उसने आप पर मंत्र-तंत्र किया है।"

"नहीं, प्रेम, प्रेम किया है उसने मुझसे।"

"आपका कायाकल्प हो गया है। चेहरे पर कांति और यौवन लौट आया है।"

"सब पद्मिनी के कारण हुआ है।"

"यह क्या है ?"

"प्रेम !"

महारानी ने दुःख के साथ कहा था, "राजा कब प्रेम करता है, महाराज ? प्रेम और प्रणय तो समाज के अन्य वृत्त के लोग करते हैं। राजा का विवाह तो राजनीतिक स्वार्थ की पूर्ति के लिए होता है, स्त्री उसके लिए क्षणिक भोग की सामग्री है, दीर्घकालीन आकर्षण की वस्तु नहीं, यही तो जानती थी। वह काली-कलूटी, कुरूप और गँवार स्त्री, जिसने नगर का कुछ भी नहीं देखा, आज..."

राजा ने बात काटकर कहा, "महारानी ! आज तक मैं लाए गए जल में स्नान करता रहा हूँ। नदी में नहाने का स्वाद तो अब जाना है। पद्मिनी को तुम कुरूप कहती हो ? वह यदि कुरूप है तो फिर सुंदर कौन है ?"

महारानी ने रूखे स्वर में कहा, "आपकी बुढ़ापे में मति मारी गई है। अथवा इस जादूगरनी ने कोई जादू-टोना कर दिया है। यह स्वाभाविक बात नहीं है। देह में जब बुढ़ापा आता है, तब आपमें नवयौवन फूट रहा है। ब्राह्मणों का धिक्कार आपके कानों में ही नहीं जाता। मैं जा रही हूँ, महाराज। यहाँ रहना अब असंभव हो गया है।

"त्रिकालेश्वर महादेव आपको सन्मति दें—इसके लिए प्रतिदिन मैं सोने का बेलपत्र चढ़ाकर, उनकी पूजा करूँगी।"

महारानी ने भूमि पर सिर रखकर राजा को प्रणाम किया।

प्रस्थान करने के पहले अन्य रानियों से कहती गईं, "तुम लोग मंत्र-तंत्र करके राजा का मोह-जाल काट नहीं पाओगी। हड्डिका ने यौवन के मंत्र से राजा को अपना दास बना लिया है। राजा पर नई जवानी छा रही है।"

"हम सब क्या इतनी कुरूप हैं ?" एक रानी ने पूछा।

दुःख के साथ महारानी ने कहा, "मैंने तुम लोगों की तुलना में अधिक समय तक राजा को देखा है। उनकी आयु पैंसठ है तो मेरी भी साठ है। मैंने कभी राजा को ऐसा उन्मत्त नहीं देखा। जो भी किया जान-बूझकर किया उन्होंने। कुछ दुर्लभ पाने के उन्माद से वे ग्रस्त हैं। उनके मुँह पर एक अभूतपूर्व आलोक है।"

"क्या हड्डिका ने उन्हें इतना प्रेम किया है ?" दूसरी रानी ने पूछा।

"मुझे तो ऐसा नहीं लगता। पता नहीं क्यों मुझे लगता है, यह प्रेम केवल राजा ने किया है।"

महारानी चली गईं।

माता के अपमान से, पिता के भयंकर पतन से शांत स्वभाव के लक्ष्मण सेन भी क्रोधित हुए।

बोले, "मैं पितामह हो गया। मेरे पिता इस आयु में यह क्या कर रहे हैं, माता ?"

"जो कर रहे हैं, वह तो देख ही रहे हो। और क्या करेंगे कुछ कहा नहीं जा सकता।"

"मैं विद्रोह करूँगा। सेन राजवंश की मर्यादा को पाँवों तले रौंदकर भी पिताजी राजसिंहासन पर बैठे रहेंगे, यह नहीं हो सकता। उन्हें सिंहासन छोड़ना होगा।"

"क्या होगा इससे ? सिंहासन त्यागकर हड्डिका को लेकर कहीं चले जाएँगे। एक स्थिर राजव्यवस्था को विपन्न मत करो, हे पुत्र।"

लक्ष्मण सेन ने माँ की सलाह नहीं मानी।

विद्रोह के लिए उद्यत हो गए।

पद्मिनी ने महाराज से कहा, "मेरे कारण आपकी बहुत क्षति हो रही है।"

"तू तो है मेरे पास।"

"हाँ, हूँ तो। अब पुत्र का क्या करोगे ?"

"मेरी जगह तू होती तो क्या करती ?"

"हमारा समाज तो दूसरी तरह का है, राजा। लड़का बिगड़ जाता है तो पिता अथवा दादा उसकी पिटाई करता है। हमारे घरों में बहुत सुख-शांति है, राजा।"

"क्या अशांति कभी होती ही नहीं ?"

"जहाँ चार बर्तन होते हैं, टकराते ही हैं। तुम तो अपने बेटे की पिटाई भी नहीं लगा सकते।"

"ऐसा भी कहीं संभव है ?"

"तो फिर मैं क्या कहूँ ?"

बल्लाल सेन ने सिंहासन-त्याग तो नहीं किया, पर पुत्र को क्षमा कर दिया। अभी भी वे बहुत दिन जिएँगे। बहुत दिनों तक सिंहासन उनके अधीन रहेगा। "भाग्य ! मैं जवानी में राजा हुआ था, तुम बुढ़ापे में राजा होओगे। भाग्य।"

"उसी समय से राजा को पीछे खींचने वाली कोई चीज नहीं रह गई। रह गई केवल पद्मिनी।"

"तू जो चाहे मुझसे पा सकती है। कुछ माँगती क्यों नहीं, पद्मिनी ?"

"सब कुछ तो है मेरे पास।"

"धन...दौलत नहीं चाहिए तुझे ? अगर मैं मर जाऊँ अचानक ?"

"तुम अभी भी बहुत दिन जिओगे।"

"कोई संतान भी नहीं हुई।"

"लोग कहते हैं, अवैध संतान होने पर...संतान होती तो उसका ब्याह कैसे करते, कहाँ करते ?"

"धन के बल से सब होता है रे ! ब्राह्मण-समाज को मैंने सिर पर उठा लिया और उन्होंने ही मेरे साथ सबसे ज्यादा शत्रुता की ?"

"उन्हें अभी भी वृत्ति पठा रहे हो ?"

"उन्हें संतुष्ट रखना है।"

"मैं होती तो...उनकी यह हिम्मत ? मैं हाड़ी की लड़की हूँ ! उनकी लालच को मैं ठीक कर देती।"

"तुझे ब्राह्मणों पर बड़ा रोष है ?"

"बहुत।"

"तेरा रोष किस पर गिरेगा ?"

"समाज के मुँह पर लात मारकर मेरे साथ ब्याह करो। चलकर कहीं और रहें हम।"

"ऐसा ब्याह करके...राजा नहीं रह सकता।"

"राजा तो तुम्हें रहना ही होगा।"

"निश्चय। यह जिद का प्रश्न है।"

"और मुझे भी चाहते हो ?"

"हाँ ! हाँ ! हाँ !"

"तब ?...जरा सोचने दो।"

एक पल बाद पद्मिनी ने कहा था, "ब्राह्मण न आएँ, न सही। वैद्य तो तुम्हारा अपना समाज है। उन्हें ही निमंत्रित करो।"

"वह तो करता ही रहता हूँ।"

"यह और तरह का निमंत्रण है। मेरे हाथ का बना भात खाने का निमंत्रण।"

"आएँगे नहीं ? जरूर आएँगे। सोने की पीढ़ी पर, सोने के बर्तनों में राख भी परोस दो तो आदमी खाने आएगा, अगर खाने के बाद पीढ़ी-बर्तन साथ ले जाने दिया जाए।"

सचमुच आए थे लोग, खाया था और सोने की पीढ़ी, थाल, लोटा और गिलास लेकर अपने-अपने घर चले गए थे।

पद्मिनी ने कहा था, "हाड़ी के दिए सोने के सामान और उसके छुए भोजन में हड्डिका-दोष नहीं है, जो भी पाप है वह हड्डिका से ब्याह करने में है !"

मैं देख रहा था कि मेरे जीवित रहते ही समाज में कैसी अशांति फैल गई है ! बल्लाली कुलीनता को भी सभी ने अमान्य कर दिया है। बहुतेरे संभ्रांत जन राजधानी छोड़कर जा रहे हैं।

धर्म नहीं, आचरण ही महत्त्वपूर्ण हो उठा है।

और यह भी सुनने में आया कि लक्ष्मण सेन ने क्रोध में कहा, "राजकोष का सोना और राज्य की शक्ति राज्य के हित में व्यय करने के लिए है, उपपत्नी के अस्तित्व और मर्यादा को चरितार्थ करने के लिए, हाड़ी के जूठन पर पलने वाले

धनलोलुपों को स्वर्णदान करने के लिए नहीं है।"

पद्मिनी से मैंने कहा था कि लक्ष्मण सेन को सिंहासन पर बैठाकर हम दोनों कहीं चले जाएँगे।

"ब्याह करके ?"

"तब भी तुम्हें देह की भूख रहेगी। बाघ बूढ़ा भी हो जाए तो मांस ही खाता है।"

"तुझसे तृप्ति बड़ी कठिन है।"

"और तुम एकदम बूढ़े हो जाओगे तब भी मैं तो युवती ही रहूँगी जी ! तुम मुझसे चौवालिस बरस बड़े हो।"

"अभी भी मैं युवा हूँ।"

"ऐसे ही युवा रहोगे ?"

इस तरह बल्लाल सेन ने पद्मिनी के सन्निवेश में एक नई दुनिया बसाई थी। बीस बरस तक पद्मिनी ही उनकी दुनिया बनी रही।

और फिर, एक दिन उन्होंने देखा, वह दुनिया गायब हो गई, रह गए वे अकेले और उन्हें घूरती वे असंख्य आँखें, जिनमें विद्रूप और प्रतिहिंसा भरे हुए थे। आश्चर्य ! पद्मिनी ने कोई पूर्वाभास नहीं दिया था, चले जाने का !

यह बात सच है कि एक दिन पद्मिनी के सिर पर एक सफ़ेद बाल देखकर हँसे थे बल्लाल सेन।

"हँसे क्यों ?"

"तेरा भी बुढ़ापा आएगा, पद्मिनी। यह एक सफेद बाल उसका पूर्वाभास है।"

"हाँ ! बात तो सही है।"

"तब...मेरे अलावा तेरा और कोई न होगा।"

"बीस बरस और, है न ?"

"इतने दिन क्या मैं जिंदा रहूँगा ?"

पद्मिनी ने सिर हिलाकर स्वीकार किया था, "नहीं, इतने दिन तक तुम जिंदा नहीं रहोगे। हालाँकि अगर मैं चाहूँ तो तुम्हें अमर कर सकती हूँ।"

"क्या तू मुझे इतना चाहती है ?"

"हाँ ! ऐसा ही समझो।"

"यदि तुझे पहले पाया होता मैंने ?"

"सब-कुछ अपने समय पर होता है। जैसे कि मान लो मेरा समय हो गया हो।"

"किस बात का समय ?"

"वह क्या मैं जानती हूँ ? चलो, सो जाओ अब।"

"तेरा मुँह देखते-देखते सोऊँ और जागने पर तुझे देख पाऊँ, इससे ज्यादा कुछ

और मुझे नहीं चाहिए।"

"क्या कहते हो ? और सिंहासन ?"

"लगता है, अब उसकी भी चाह नहीं रही।"

"राजा, तुम एक साथ ही सब चाहते हो, स–ब ! इतने बरसों से तुम्हें देख रही हूँ। अब सोओ भी।"

नींद टूटी राजा की तो चारों ओर अँधेरा छा गया। सूर्य नहीं, दिन नहीं, सब-कुछ अंधकार में घुला-मिला लग रहा था।

पद्मिनी नहीं थी।

"पद्मिनी ! पद्मिनी !!" पुकारते ही दासियाँ दौड़ी आईं।

"पद्मिनी कहाँ है ?"

सिर झुकाए किशोर बोला, "कल रात...आपके सो जाते ही...वे..."

"कहाँ ?"

"चली गईं..."

"च–ली–ग–ई ?"

बल्लाल सेन ने बल्लम से बिंधे सूअर की तरह चीत्कार किया, "न–हीं–ईं–ईं–ईं !!!"

फिर ? सब अँधेरा, अँधेरा, अँधेरा !

फिर ?

राजवैद्य, महारानी, अन्य रानियाँ।

अचैतन्य बल्लाल सेन को गंगाजल से नहलाकर उनका शुद्धीकरण हुआ।

कितने दिन बीते। अचैतन्य में, चैतन्य होने पर उनकी एक ही रट लगी रही —पद्मिनी ! पद्मिनी !! पद्मिनी !!!

जैसे पद्मिनी ने ही राजा के जरा-रोग-वार्धक्य-असहायता को रोक रखा था।

एक समय जो बल्लाल सेन फिर से होश में आए, वे रोग और शोक से जीर्ण, हीनबल और पूरी तरह टूटे हुए, असहाय वृद्ध थे। महारानी की आँखों में कोई क्षमाभाव न था। परम तृप्ति से वह अपने जर्जर पति को देख रही थीं।

"महारानी ! तुम ?"

"आप उसे नहीं ही छोड़ पाए। अंततः वही आपको छोड़ गई ! चलो, अच्छा ही हुआ। नहीं छोड़ती तो अंतिम समय में प्रायश्चित्त भी न हो पाता।"

बल्लाल चुप !

"वह न जाती तो आप इतना पाप करने के बाद भी सिंहासन पकड़े बैठे रहते।"

"लक्ष्मण ?"

"वह नहीं आया।"

"पोता...मधु... !"

"सूचना भेजी है।"

"और...और...वह ?"

"पता नहीं किया। पर जीर्ण नौका छोड़कर गई है तो किसी मजबूत नौका को ही पकड़ा होगा।"

बल्लाल फिर कुछ नहीं बोले। उसी दिन से उन्होंने खाना कम कर दिया। सोते भी न थे। सिर्फ आँखें मूँदे उसकी याद किया करते।

बंद आँखों के सामने पद्मिनी का मुख कमल की तरह खिला होता।

बड़े सवेरे बल्लाल सेन की पालकी को गंगाघाट पर उतारा गया।

चार

राजा बल्लाल सेन कमर तक गंगाजल में थे। ऊपर की आधी देह उनके पौत्र मधु सेन की गोद में। ब्राह्मण मंत्रोच्चार कर रहे थे और आनंदाचार्य राजा के मुँह में बार-बार डाब (नारियल) का पानी डाल रहे थे।

मधु सेन ने कहा, "दादाजी पी नहीं पा रहे हैं फिर भी आप क्यों उनके मुँह में डाले जा रहे हैं डाब का पानी ?"

"युवराज ! अपराह्न में तीसरे प्रहर में देहत्याग उत्तम माना जाता है।"

"जो भी हो। अब मत पिलाइए।"

अंत्यजों के लिए रास्ते के किनारे आने की मनाही थी। मगर गंगा की धारा किसी राजा के अधीन न थी।

चारों ओर से नावों में बैठे अंत्यज लोग, नदी के बीच में यह महातमाशा देखने के लिए जमा थे। राजा की मृत्यु देखना कोई मामूली बात न थी। उनकी हँसी और बातचीत बल्लाल सेन के चारों ओर हवा में तैर रही थीं।

"इतनी खाटें, पलंग रहते हुए कीचड़ में लेटकर मरेगा ?"

"अरे भाई ! पाप किया था न, इसी से।"

"ओ हो ! बूढ़े आदमी को भी ये लोग इतना कष्ट देते हैं !"

"प्राण निकल नहीं रहा है जो।"

"इस तरह मरने पर सुरग में जाते हैं ?"

ऐसे में किसी नारी-कंठ का तीव्र स्वर सुनाई दिया। "मरेगा नहीं, मरेगा नहीं, मेरे कहे बिना नहीं मरेगा। तुम लोग अपनी नावें हटाकर मेरे पीछे कर लो।"

मधु सेन ने पूछा, "यह किसका स्वर है ? कौन है ?"

किसी ने उत्तर नहीं दिया।

स्थान-काल को भूलकर मधु सेन चीखे, "पकड़कर लाओ उसे। जिंदा जला दूँगा। यह तो वही हड्डिका है।"

पितामह बल्लाल सेन ने चौंककर मुँदी आँखें खोलीं और चारों ओर सतृष्ण दृष्टि डाली।

आनंदाचार्य ने कहा, "युवराज ! अभी वह सब रहने दें। जिस काम के लिए आए हैं उसे निर्विघ्न..."

"उसे चले जाने को कहो।"

"युवराज ! गंगा की छाती पर कोई नियम नहीं चलता।"

"ठीक है। जोर से मंत्रोच्चार करिए। बल्लाल सेन परम शैव थे। शिव-स्तोत्र का पाठ करिए।"

"गान-गीत से वह नहीं मरेगा हो। मुझे देखने के लिए राजा तड़प रहा है। तुम्हारा यही दंड बाकी था। मेरे कारण मर रहे हो, मैं यहीं हूँ, फिर भी तुम देख नहीं पाओगे मुझे।"

मधु सेन ने कातर स्वर में कहा, "तू पिशाचिनी है क्या, जो मरते हुए आदमी को वचन बाणों से बींध रही है ? तू क्या नहीं जानती कि इन्होंने तेरे कारण कितना त्याग किया है ?"

"मेरे लिए क्या छोड़ा था राजा ने ? कुछ भी नहीं छोड़ा। मैं ही उसे छोड़ आई। अगर न छोड़ती तो वह बीमार भी न पड़ता, तेरे बाप को सिंहासन भी न मिलता।"

"इन्हें अब और कष्ट मत देना, सावधान !"

पवन ने भी बहिन से कहा, "रहने दो पद्म। बहुत हुआ।"

पर पद्म चुप न रही।

"सुनें सभ्यजन ! इसी घाट पर से मुझे धोखा देकर उठा लिया गया था और बेच दिया गया था। तब मेरी उमर सोलह साल की थी। बीस बरस इसने मुझे पिंजरे में बंद करके रखा, बीस बरस। मेरा ब्याह नहीं हुआ, मैं माँ नहीं बन सकी। मैं बाँझ ही रह गई। बलि के पशु की तरह मिर्त्यु की प्रतीक्षा करती हुई। हमारे बीस बरस तुम लौटा सकते हो, युवराज ?"

"स्त्री ! तुझसे वे प्रेम करते थे।"

"हाँ ! जैसे बाघ बकरी से प्रेम करता है। यदि प्रेम करता था तो ब्याह क्यों नहीं किया मुझसे ? वह प्रेम क्या जाने, युवराज ? उसका एक हाथ सिंहासन पर थपकी देता था, दूसरा मेरी देह पर।"

"तुम्हें बहुत-कुछ दिया इन्होंने।"

"क्या दिया है मुझे ? मैं चाहती तो राजकोष शून्य कर दे सकती थी।

स्वर्णनिष्क पानी की तरह बहा सकती थी और...मैंने तो धन-रत्न चाहा ही नहीं।''

पवन ने कहा, ''छिः ! छिः ! पद्म ! तू राजा को इस तरह मरते समय...एक दिन उनसे...''

''नहीं, मैंने राजा से कभी प्रेम नहीं किया। राजा ! तुम मरो, मरो तुम। मेरा जीवन जैसे नष्ट किया तुमने, वैसे ही मैंने भी तुमसे बदला लिया। सुनो, मैंने कभी तुम्हें नहीं चाहा। तुमसे बदला लेने के लिए अंदर ही अंदर जलती रहती थी। थोड़ा बदला लिया भी है। हाड़ी के छुए अन्न से वैद्यों की जात गई। और लात मारकर चले आने से बल्लाल सेन की छाती भी तोड़ दी मैंने।

''तुम क्या कहते हो, युवराज ? क्या किसी लड़की का जीवन नष्ट करना पाप नहीं है ? और पाप है तो उसका दंड कौन देगा राजा को ?''

''मैंने, पद्म हाड़िनी ने, तुम्हारे पितामह को उसके किए का दंड दिया है। मेरा घर नहीं बसा, गिरस्ती नहीं हुई, संतान नहीं हुई। जिस पाप के लिए आज यह बूढ़ा मर रहा है, उसका प्रायश्चित्त क्या तुम कर सकते हो ? नहीं कर सकते।''

सभी चुप। ब्राह्मण भी।

''इस समय मेरे हाथों का स्पर्श पाकर, मेरा मुँह देखकर बूढ़े को शांति मिलेगी...पर वह शांति मैं उसे पाने नहीं दूँगी।...भाई, नाव लौटाओ। सेन राज्य का नाश हो, नाश हो...नाश हो !''

थरथर काँपे बल्लाल सेन। देखना है, एक बार, अंतिम बार पद्मिनी को देखना है। उठना चाहा, पर छाती के भीतर जैसे एक भूचाल आ गया।

मधु सेन ने जल्दी से सिर झुकाकर पितामह के कान में शिव का नामोच्चार किया।

पद्मिनी को देखने की चेष्टा में बल्लाल सेन की आँखें बड़ी होते-होते गर्दन के लुढ़कने के साथ ही स्थिर हो गईं।

गंगातीर पर कोई नहीं है।

बंगाल के इतिहास में बल्लाल युग की समाप्ति के चिह्नस्वरूप पड़े हैं कुछ यज्ञ की लकड़ियाँ, फूल, केले के पत्ते और गंदगी।

महाकाल बाँस से ठेलकर वह सब गंगा में डाल रहा है।

मंदक चला गया है।

पद्म उसके साथ ही गई है।

महाकाल शरत के सर्वश्रेष्ठ बाँसों का संग्रह करने के लिए लंबे डग भरता बाँस-वन की ओर जा रहा है।

कहीं पर कोई चरवाहा गाय-बैलों को हाँक रहा है। ग्वालों की स्त्रियाँ सिर पर दूध के मटके रखे नाव धरने जा रही है। दैनंदिन जीवन अपनी नित्यवृत्तता में लौट आया है।

महाकाल सोच रहा है—राजा ने सचमुच महापाप किया था।
अब वह सुरग में जाएगा या नरक में ?
जहाँ जाना हो जाए, महाकाल को क्या ?
महाकाल फिर सोचता है—आज घर जाकर वह अपनी पत्नी से लाड़-प्यार करेगा।

●●●